Franz Hermann Meissner

# Hans Thoma

Franz Hermann Meissner

**Hans Thoma**

ISBN/EAN: 9783743314597

Hergestellt in Europa, USA, Kanada, Australien, Japan

Cover: Foto ©Andreas Hilbeck / pixelio.de

Manufactured and distributed by brebook publishing software
(www.brebook.com)

Franz Hermann Meissner

# Hans Thoma

# HANS THOMA

VON

## FRANZ HERMANN MEISSNER

1899
SCHUSTER & LOEFFLER
BERLIN UND LEIPZIG

Selbstbildnis von 1880.

Nach der Photographie im Verlage von F. & O. Brockmanns Nachfolger, R. Tamme in Dresden).

# HANS THOMA.

Eine interessante Künstleranekdote mag uns jener
Welt allmählich zusteuern, in deren Bann wir diesmal
ein künstlerisches Leben vor uns vorübergleiten lassen
wollen, weil es so wundersam eigen gewachsen ist. —
Kaulbach, der eben seine riesigen Treppenhausmalereien
im Berliner Museum vollendet hatte, trat danach in
die Werkstatt seines ehemaligen Lehrers Cornelius und
hoffte im Stillen wohl auf ein Wort warmer Anerkennung für eine Grossthat, die als ein weiterer Schritt
im Cornelianischen dem Meister lieb sein musste. Der
fuhr indessen seinen geistigen Erben grob an und wies
ihn moralisch zum Hause hinaus, — unhöflicher, als
ein Mann von Bildung mit einem frechen Bedienten
sogar verfahren würde. Ihn kränkte angeblich, dass
der Protestant Kaulbach das Reformationszeitalter und
Luther im Museum einer protestantischen Hauptstadt
verherrlicht hatte, obgleich er aus der Lehre eines —
Katholiken als Maler hervorgegangen war. Das steht
in dieser Anekdote überliefert. Wahr aber ist sie
schwerlich in dieser Form. Denn Cornelius war ein
hochgebildeter Mann und, wie mir vor langem ein ver-

storbener Freund des grossen Nazareners erzählte, geistig
freier als dies Intermezzo schliessen lassen würde. Die
Thatsache des Vorgangs angenommen, müssen also
andere Ursachen für den Groll des Cornelius zu suchen
sein. Man kann Brot- und Rang-Neid dabei ausscheiden,
wie ich glaube, weil sie unter ernsten Künstlern seltener
sind als man annimmt; denn die wirklich schöpferische
Natur wird von den Problemen ihres Berufs viel zu
sehr gefesselt und fühlt zu sehr das eigene Gewicht,
um so unfruchtbaren Trieben nachzuhängen. Eine bekannte kunstgeschichtliche Thatsache mag uns hier auf
die Fährte von dieser plötzlich zu Tage getretenen Abneigung des Cornelius gegen seinen reif gewordenen
Schüler bringen. Worauf beruhte der erwiesene Hass
zwischen Lionardo, Michelagniolo, Raffael, Bramante,
— worauf auch jener, der selbst unter den kleineren
Geistern so tolle Blüten in jenen Tagen trieb, da
Savonarola Herr über die bussknirschenden Seelen von
Florenz war?

Diese nicht selten wütende Abneigung gleich-
genialer Zeit- und Kunst-Genossen gegen einander be-
ruht auf einer psychologisch sehr merkwürdigen Erscheinung, die man als den »Hass der Schattirung« be-
zeichnen könnte. Insofern nämlich, als sie in vielen
der bekanntesten Fälle deutlich mit der Verschieden-
artigkeit des Kunstideals bei den Einzelnen zusammen-
hängt, wie es vom Ort, dem Zeitabschnitt, dem Schicksal,
dem Familienerbe, persönlicher Eignung bestimmt wird
und um den Künstler ein gewisses Netz von Vorstellungen und Empfindungen spinnt, aus denen er nicht

heraus kann. Er versteht den Anderen entweder nicht
oder erkennt bei Jenem einen ihm selbst fehlenden
Vorzug, — Grund genug für das unkritische und heisse
Künstlertemperament, den Genossen bis aufs Messer zu
hassen. Man betrachte Michelagniolo. Der gewaltige
Ideen- und Formen-Beherrscher, der Männerdarsteller
und Freund der alternden, nur bedingt als Frau in
Hinsicht des natürlichen Geschlechts zählenden Vittoria
Colonna hatte keinen Sinn für die Gesetze, die den
unvergänglichen Jüngling Raffael zu Weibesschönheit
und bezaubernder Anmut der Kunst führten; der einsame Gigant achtete in seinem düsteren Prophetentum
den Liebling der Menge als eine Art ernstlosen Buhlers
um die Muse gering; ihn quälte im Geheimen dazu
dessen Uebergewicht an Harmonie, deren Mangel dem
verzweifelt Ringenden wohl bewusst war. Ein anderes
Beispiel aus neuerer Zeit bieten Makart und Feuerbach.
Makart lehnte den nach Wien Berufenen in eisiger
und tötlich verletzender Weise gesellschaftlich ab und
dieser hat seinem Hass gegen den Farbenschwelger in
arger Weise Ausdruck gegeben, indem er ihn in seinem
»Vermächtniss« als künstlerischen Schwindler durch-
sichtig hinstellte.

Nur ein paar Proben sollen hier eine merkwürdige
Erscheinung versinnlichen; man kann sie zahlreich ver-
mehren und drollige Anekdoten und Thatsachen genug
beibringen, wie es auch an dämonischen Ausbrüchen
dieses Hasses nicht fehlt. Michelagniolo war, wie
Gobineau es in seinen Renaissance-Dichtungen mit
feinem Griff gezeichnet hat, voll übermenschlichen

Hasses gegen Raffael; Dürer wird 1506 in Venedig ge-
warnt, bei einem der venetianischen Maler zu speisen,
da er leicht vergiftet werden könnte; Veronese ùnd ein
Rivale gehen in jugendheissen lombardischen Tagen
nach einer allerdings nicht beglaubigten Erzählung mit
gezücktem Degen auf einander los. Je eigener und
stärker ein Künstler ist und je fruchtbarer er eine neue
Provinz angebaut, umso fremder steht er sehr oft dem
Schaffen eines Anderen gegenüber. Seine Art ist seine
Burg, von der aus er Jeden als Feind betrachtet, der
ihm nicht verwandt ist im Kunstideal. Und hier wird
jetzt auch ganz deutlich sichtbar, wie sehr verschieden-
artig eigentlich Absicht und That jedes grossen Künstlers vor denen seiner Genossen ist, — wie weiterhin
in seinen besonderen Schülern, Anhängern und Weiter-
entwickelern über Jahrhunderte hinweg sich bestimmte
Gemeinden etwa in der Art der alten Dombauhütten
ausbilden und fortpflanzen, die kaum eine andere Beziehung mit anders Gesinnten ihres Standes haben als
die Handwerksmittel von Farbe und Pinsel, Meissel oder
Richtscheit. Uns beschauenden Nachfahren aber zeichnen
sich in dieser Art und in diesen Gemeinden die lebendig
strömenden Richtungen und Grundideale der Geschichte
ab, um deren tiefgründige Unterschiede wir uns freilich
weniger kümmern, weil wir an der Einzelheit wie der
hervorbringende Künstler nicht mit allen Fasern unseres
Daseins hängen.

In der That, — welche andere Beziehung als der
Name der Kunst und die Handwerksmittel der Sonder-
zunft herrschen zwischen Jenen, die erhobenen Hauptes

als Denker und Künstler kraft eines starken Geistes-
lebens die grossen Ideen der Kultur- und Gesellschafts-
bildung, die Vorstellungen von den letzten Dingen zu
gestalten suchen, — und Diesen etwa, denen der bunte
Schimmer der Wirklichkeit, ihre nächste Umgebung,
der Frieden eines Bauerngehöfts, ein farbenvoller Blumenstrauss den Pinsel in die Hand drückt; oder zwischen
diesen beiden Künstlerarten und einer dritten, die nur
das Daseinsgeheimnis in den Menschenzügen zum
malerischen Ausdeuten verlockt? Kann man Michelagniolo, Rachel Ruysch und Lenbach im Ernst vergleichs-
weise nennen, ohne in den Verdacht einer gewalt-
thätigen Natur zu kommen? In grossen Linien schweben
da Irgendeinem blass dahinwandelnde Allegorien von
erschauern machender Sinntiefe vor und er verachtet
ingrimmig das schmeichlerische Spiel der Farbe wie
die Nazarener, — farbenglühend und nur von einer
Vorstellung beherrscht schwelgt dort ein Venetianer
in heissen Liebesträumen. Formen voll Gewalt und
strotzender Kraft schafft Rubens in vlämischer Genusslust und betet darin mit allen Sinnen die unend-
liche Fruchtbarkeit der Natur an, — Michelagniolo
hingegen macht sie unsinnlich dem biblischen Mythos
und philosophischer Weltbetrachtung unterthan. — —
Dort ist ein Künstler, dem Feder und Pinsel ein mehr
zufälliges Mittel für litterarische Dichtungen sind wie
man es bei Dürer, Schwind, Klinger sieht, — — —
was aber sollte sie wohl Jenen verwandt machen, bei
denen wie bei Giorgione, Gabriel Max, Rembrandt die
stimmungsvollen Zauber der Gefühlswelt die Art der

Kunstschöpfung ausmachen! Um ihr Wesen scharf von dem der Ersteren zu scheiden, habe ich früher einmal die Bezeichnung der »Sager« für die litterarischen Künstler, — für die Meister der Gefühlswelt hingegen, für die musikalischen Malerseelen, die der »Singer« gebraucht.

Diese musikalischen Malerseelen, Gefühlsmenschen und Stimmungsgrübler der Kunst, bei denen Tiefe und Schwung des Gemütslebens alle anderen Eigenschaften überklingt, bilden eine eigene Gemeinde oder Kaste wie jede andere der oben kurzhin gekennzeichneten Arten und Richtungen. Auch sie haben nur wenig mit den Ideenmenschen z. B. oder den Wirklichkeitsaposteln gemein und mögen oft geringschätzig genug von ihren trauten Waldwegen auf Diejenigen schauen, welche sich im Sonnenbrand draussen mühen. Es verlohnt sich nicht nur, sondern verlockt auch durch ihr sonderbar ansprechendes und anziehendes Wesen, in ihre Welt herzhaft hineinzutauchen und sich soviel als möglich dort umzuschauen, — hernach aber wird sich ergeben, dass gerade an dieser Stelle dafür ein gewichtiger Grund vorliegt. — — Diese Rätselmenschen und Farbenmusiker tauchen erst spät in der Geschichte auf. Die Antike war lange tot und längst hatte das Christentum den antiken Einklang zwischen dem Menschen und der Natur zerrissen. Man hatte mit Hilfe christlicher Entsagungsmoral erst die Seele entdecken, ihre Anschauung sodann in der Betrachtung und Darstellung des Heiland- wie des Menschen-Leidens entwickeln und ein hochgetriebenes Kunstausdrucks-Handwerk schaffen müssen, ehe die menschliche Seele sich selbstständig empfinden und der Künstler an Bildungen gehen konnte, die Zeugnis davon ablegten. So frühe Spuren davon sich in der Litteratur des wegen seiner Innerlichkeit hierfür besonders geeigneten Germanenvolkes bei den Ritter-Epen um 1200 und 100 Jahre später bei Dante finden, ist die bildende Kunst hierfür doch erst im Quattrocento reif, als die hellenischrömische Welt mit ihren klassischen Werken aufs Neue die Geister innig befruchtete und die Lehre Platos, noch mehr die schon so seltsam ins Christliche hineinklingende Weltanschauung der Neuplatoniker die Augen hell machte und für das Erkennen schärfte. Die grossen Neubildungen und Geisteskämpfe gegen und um 1500 sind dann die eigentliche Wiege für diese besondere Seelenkunst, die gleichsam mit kosenden Harfenstimmen ein neues, nämlich das moderne Menschentum und seine noch geheimnistiefen Zukunftsprobleme einleitet.

Diese ebenso gewaltigen als fesselnden Prozesse auch nur in den Lichtpunkten zu berühren, liegt ausserhalb des hier gegebenen Bereichs. Es ist nur zu erwähnen, dass diese Seelenkunst bei Lionardo und Botticelli u. A. schon vollkommen sichtbar umgeht und bei Giorgione in einer geheimnisseligen Traumwelt warmer Dämmerungen die erste reife Frucht getragen hat. Auch Tizian ist ihr Vasall. Und es erscheint als ein feiner Zug und Fingerzeig der Ueberlieferung, dass sowohl Lionardo als Giorgione als meisterliche Lautenspieler galten, der Mann aus Cadore

aber als inniger Liebhaber der Tonkunst bekannt ist.
Hatten die beiden Zeit- und Schulgenossen Giorgione
und Tizian doch in der Schule des alten Giov. Bellini
auf der Piazza di Rialto die beste Gelegenheit, Ohr
und Hand zugleich zu üben, denn rings um die Meister-
werkstatt befanden sich damals die berühmtesten Musik-

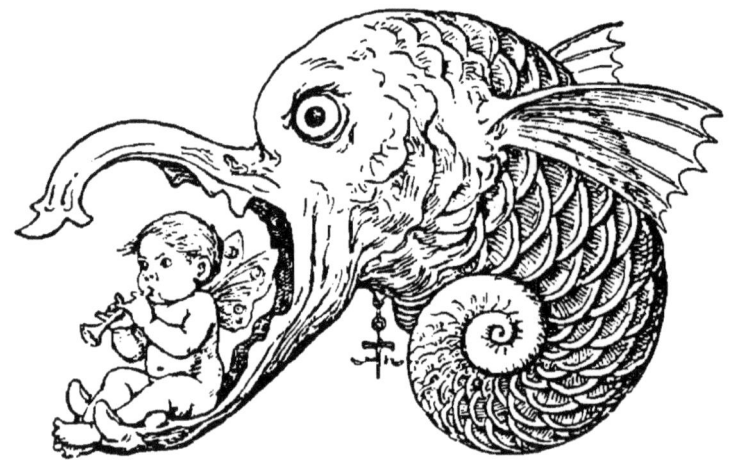

Kind und Schicksal. Aus dem Album »Federspiele«.
(Verlag von Heinrich Keller in Frankfurt am Main.)

schulen Venedigs. Da mochte die lose an die Form ge-
bundene und in grenzenlose Dämmerung sich verlierende
Tonkunst, welche die Seelenkunst an sich ist, diese jungen
Sinne früh umgarnen, weit machen und in tastender
Anschauung auf einen Weg der Malerei führen, der
auf ähnliche Zauber der Wirkung sann, und einmal
mit voller Klarheit gefunden zu köstlich war, um wieder vergessen zu werden. Ein Heer von Künstlern ist

seitdem auf ihm gewandelt, — Manche wie die Grössten zeitweise, Andere für immer. Velasquez wie Rembrandt; Millet und Böcklin; Max und Makart, um nur ein paar Namen herauszugreifen. Diese Gefühlsgrübler der Malerei, Rätselträumer und Farbenharfenisten sind äusserlich schon durch eine ganze Reihe eigener Züge kenntlich. Sie sind nur ausnahmsweise einmal Ideenmenschen; die grossen Denk- und Kulturprobleme interessiren sie ebensowenig als die gemeine Wirklichkeit, die sie allenfalls stark gehöht, jedoch fast nie in mathematischer Zuverlässigkeit darstellen. Sie hängen nur mittelbar in ihrer Zeit, viel eher in einer gewissen Zeitlosigkeit, weil sie gleichgültig gegen das Wochentagswerk der Menschen sind. Goethes Wort scheint auf sie gemünzt, dass tiefe Gemüter genötigt sind, in der Vergangenheit so wie in der Zukunft zu leben. Immer suchen sie mit traumverlorenem Auge in Stille und Einsamkeit geweihter Haine weitab vom Tagestreiben nach etwas Verlorenem: dem Einklang von Mensch und Natur, weil ihr Gemüt sich beengt vom armseligen Gefäss des Leibes und bedrängt vom kalten Tyrannen Verstand fühlt. Sie tasten deshalb nach Allem, was jenes zu tiefem und sehnsüchtigem Erklingen bringt und damit frei macht, — sie schauen und suchen nach den verzauberten Orten und den Charfreitagsstunden der Natur, lieben die ergebenen dramatischen Abklänge der Vergangenheit, werden vom Leiden der Kreatur besonders angezogen, und selbst bei einem frohsinnigen Naturell sind es doch die rätselvollen Stimmungen, die eine metaphysische Betrachtung von Mensch und Landschaft ergiebt, welche sie interessiren. — So wandeln sie in einer Art von inneren Trunkenheit durch ihre Mitwelt; unberührt vom Einzelschicksal; gleichgültig gegen die Reibungen des Treibens draussen; weltunläufig, unklug nicht selten im banalen Sinne der Vorteile. In ihrer eigenen arglosen Kinderseele scheint ihnen Mittelpunkt und Maas aller Dinge zu beruhen; von hier aus suchen sie die Welt in melodischen Dämmerungen der Phantasie zu begreifen und künstlerisch darzustellen; sie fassen dabei Alles, was in ihren Sinneskreis tritt, ganz persönlich auf, worin sich ein starker weiblicher Zug verrät, so herzhafte Männer sie sonst sind. Für Einige unter ihnen wie Giorgione, Millet, Max kann man zu deutlichem Vergleich ihrer vollkommen leidenden und stark aufnehmenden Natur das Symbol der Aeolsharfe heranziehen: das Weltgebrause erschüttert sie nicht und reizt nicht den geringsten Mannestrotz bei ihnen heraus. Sie fangen nur das Gedröhne in leisem Erschauern auf und geben dessen schrille Laute als eine zarte und süsse Harmonie klagender Töne zurück. Alle diese Akkordmenschen drängen ihrer Zeit weder stürmische Ideen noch dionysische Begeisterung auf.

Dabei sind sie immer ausgezeichnete Handwerker in der Ausübung ihrer Kunst, ohne dass sie schillernde Taschenspielerstücke jemals pflegen. Sie zeichnen und bauen sehr gut, lieben aber die Farbe über Alles, weil diese die Trägerin alles Geheimnisvollen ist. Nicht Wenige von ihnen gehören zu den Meistermalern der

Geschichte, -- wie könnten sie sonst das Schwerste zu
Stande bringen: in Augenkunst umzusetzen, was sich
nicht sehen, kaum schleierhaft denken, deutlicher nur
hören und herzpochend empfinden lässt.

Sie haben den Klang, der das Köstlichste in aller
grossen Kunst für das Gemüt bleibt, in und um sich;
sie schreiten mit ihm in einem beneidenswerten Gleich-
mass des inneren Lebens, fast kampflos scheinbar, und
in ewigem Feiertag wie die Himmlischen in Hölderlins
Schicksalslied dahin. Kann man sich Giorgione anders
vorstellen als in der leidenschaft-gedämpften Ausge-
klungenheit seiner Werke, die er weltentrückt schuf
und darin rasch seinen kurzen Lebensdocht verglimmen
machte? — Rembrandt ward alt und hat Höhen wie
Tiefen des Lebens in grausamem Schicksalsspiel kennen
gelernt; er zeigt starke Schwankungen in seinem Stil.
Und doch, — es ist als ob weder die Zwischenfälle
Saskia, Hendrikje und des bürgerlichen Bankerotts noch
das Elend des Vergessenseins an seinem inneren Ak-
kord etwas gestört hätten. — Bei Millet wird man
meist vergeblich nach Art und Namen von Mensch
und Landschaft forschen und unmöglich scheint es,
eine Natur nach seinem Bilde auf der Wanderung etwa
irgendwo wiederzuerkennen. Nur die Fruchtbarkeit der
Natur quillt uns aus seinem Werk als ein endloser
Duft entgegen und Seufzer hören wir aus ihm über
die geknechtete Menschennatur auf Schritt und Tritt,
als sei er nie anders als mit der Erhobenheit eines
Wüstenpredigers in das Freie hinausgetreten. — Gleich
Symphonieen ziehen vor uns in der Schöpfung des eng-

Der Säemann. Nach dem Steindruck.

lischen Präraffaeliten Watts paradiesische Blumenauen mit Sinnbildern einer religiös-moralischen und meta- physischen Aesthetik und herrliche Menschen von un- irdischer Schönheit in Farbenakkorden vorüber, wie sie so rein nur selten vernommen sind. — Böcklin aber schliesslich . . . wer hat die Gefühlsschauer des Wald- dämmerns und der gegen düstere Schlüfte brausenden Brandung tiefer und klingender gebildet als der grosse Schweizer, der ein Stimmungsgrübler sein Lebtag war? —

In dieser ganz eigentümlichen und lärmfernen Welt lebt auch Hans Thoma, — und diese Meister sind alle- samt in natürlicher Verwandtschaft seine künstlerischen Ahnen. Eine musikalische Malerseele ist auch er und für seine Glaubenseinfalt und Gemütsinnigkeit ist die Welt immer nur ein Seelenmysterium gewesen, das er andächtig formte, so gut es ihm gelang. Er blickte erst lange in die Natur hinein, entdeckte Vieles, was Andere nicht sahen und raffte Stimmungen auf, die dem Stadtmenschen zu erfassen unmöglich ist, — dann aber gab er das Genügen daran auf und sorgte nur um den Klang, dass er ihm rein und tief erhalten bliebe. Daher kommt es auch, dass uns sein Werk von 4 Jahrzehnten trotz aller Kostbarkeiten der Malerei darin und trotz einer immer neu gesuchten Form heute nur als ein ruhiger, abgeklungener, müheloser Wohl- laut zu Auge und Ohr spricht, — ist er sich im Grund seines Herzens doch stets gleich und immer ein Mann des harmonischen Akkords geblieben. — — —

*

Ein Hauch von Einsamkeit und Weltunläufigkeit
hängt über vielen Schöpfungen dieser Maler mit den
klingenden Seelen, sodass man nicht selten ein klöster-
liches Wesen herausempfindet. Man denkt unwill-
kürlich etwa an rosige Spätnachmittagstunden in einem
romanischen Klostergarten, — wie Prell sie in seinen
Berliner Architektenhausfresken prächtig gemalt hat, —
an farbenglühende Blumen und das schattige Düster
kunstvoller Kreuzgänge darum; einen Hain stellt man
sich vor ausserhalb dieses Gartens mit einem weichen
Teppich von Gras und Blumen, mit wildem Gerank
um dichte Stämme, stillen Wipfeln, Bachmurmeln und
tiefer Schweigsamkeit, die nur gelegentlich der melodische Ruf eines Vogels durch die weiche Luft unter-
bricht. Lautlos aber wandelt gedankenversunken ein
Mann durch diesen Gnadenort, — er sinnt um Bilder,
Zustände und Stimmungen, bei denen der Weltmensch
sich nichts denkt, und 100 Jahre sausen wie in der
Legende ungehört an seiner Versonnenheit vorüber,
während er eine Stunde verflossen meint. Der gott-
selige Bruder Angeliko in Florenz hat dies Leben gelebt und Watts wie Burne Jones, Gabriel Max und
noch manch' anderer Mann sind gut denkbar, wie sie
in weisser oder schwarzer Kutte durch Kreuzgänge
glitten, — teilnahmslos und abgestorben für die Welt.
Wer den leidenschaftslosen, strengen, kraftvollen und
tiefwarmen Herzlaut erlauscht hat, der vom ersten bis
zum letzten Bild durch das Werk von Hans Thoma
geht, und wem dabei deutlich wird, wie ungefüge seine
Malerhand nicht selten ist und wie fern er immer den

Lebenserscheinungen, den menschlichen Einrichtungen
und Voraussetzungen zu stehen scheint, als dringe nie
ein Laut von aussen in seine Abgeschiedenheit, der
fühlt sich sonderbar berührt und ihm geht ein, dass
ein Klosterkünstler alter Zeit nicht einsamer, unbekannter mit dem Draussen, unmoderner im Sinne der
nach dem Neuesten stets haschenden Menschheit nur
nach innerer Stimme der Kunst gedient haben könnte
als dieser Mann, der 4 Jahrzehnte seiner Laufbahn in
grossen Städten zubrachte und dennoch nur geringe
Spur »zeitgemässer« Anschauungen in seinem Werk
verrät.

Thoma ist in der That fast einzig in dieser Art
unter den Zeitgenossen. Zwanzig Jahre bringt er unbekannt mit den Anschauungen, Genüssen und Leiden der
Städte in einem stillen Schwarzwaldthal zu, tastet sich
in die Natur hinein und baut sich ahnungslos über
Wert und Tragweite seines Thuns eine Kunstanschauung
auf, die in Deutschland für die weitere Öffentlichkeit
erst 20 Jahre später nachentdeckt ward, wie man so sagt.
Er bemüht sich in Karlsruhe und Düsseldorf ein Jahrzehnt hindurch die ungebrochene Ursprünglichkeit
seiner Art in einen festen Stil zu binden. Es ist be-
zeichnend genug, dass die so strenge als gemütstiefe
Kunst Dürer's mit ihrem abgeschlossenen Duft der
Nürnberger Märchenwelt seine erste Führerin wird, —
dass dann aber in Paris, wo er »alle Professorenfurcht
verlor«, Courbet mit seiner unmittelbaren Natur und
seinem Farbenklang ihm die Richtung weist. Mit
diesen Eindrücken aber zog sich der junge Meister

in die Einsamkeit und in sich selbst zurück fortab.
Er fragte kaum danach, wie die Welt draussen ihren
Weg ging; er nahm keinen Anteil an einer schnell
hinauf und in die Breite gehenden Kunstblüte; er
achtete die optischen Errungenschaften der neuen Zeit
für nichts, sondern wanderte nur seiner inneren Stimmung und dem Klang nach, wie emsiges Denken und
zunehmende Reife ihm den Weg wies. Ein Mönchs-
künstler in seiner Zelle hätte nicht weltferner an-
schauen, das Alltägliche sich zu erhabenem Symbol
werden lassen, die Menschennähe auch in der Kunst
spröder meiden können als dieser Mann von Frankfurt.
Aber gerade dieser Geist der tiefsten Seelenruhe und
des Entrücktseins vom Tage, der aus seinem durch
lange Zeitabschnitte hindurch nicht selten altfränkisch
anmutenden und ungefügen Stil weht, ist es, der in
seiner künstlerischen Mächtigkeit dem Meister die
Herzen der friedensehnenden Zeitgenossen gewann. —

* * *

Thoma hat selbst einmal in seiner schlichten
Weise erzählt, woher ihm dieser andächtige Grundlaut
in die Seele von Hause aus als ein kostbares Erbe
kam. Es steht in einem Steindruck aus neuerer Zeit
deutlich zu lesen. Man sieht da unmittelbar in ein
freundliches Schwarzwalddorf hinein mit weissen und
grauen alten Häusern unter mosigen Schindeldächern.
Ein anmutig gewelltes Wiesengelände, ein brauner, von
Pappeln und Erlen gesäumter Bach in der Mitte, dem
zahllose Quellen als dünne Schaumfäden von überall

In einem kühlen Grunde.
(Aus dem Thoma-Werk, Verlag von Franz Hanfstaengl in München.)

her zurieseln, gehören dazu und mässige Bergzüge mit
auffallend grossen und einfachen Umrissen umgeben
auf beiden Seiten dies friedliche Idyll. Der Ort heisst
Bernau und liegt in einem hochgelegenen Thal des
südlichen Schwarzwalds nicht allzu weit von der süd-
westlichen Ecke Deutschlands bei Basel. Er sieht in
diesem Blatte ganz anders aus als Schwarzwalddörfer
bei den alten Düsseldorfern der 60er und 70er Jahre
auszuschauen pflegten; und zwar um gerade soviel als
Thoma sich von diesen Kunstgenossen in seiner Art
unterscheidet; nur ist er der Glaubwürdigere in diesem
Fall, weil es sich um seine eigene Heimat hierbei
handelt.

Die Anmut dieses Orts ist von einer eigenen Me-
lancholie durchsetzt, die überall in Natur, Bauwerk,
Kreatur ihr gedämpftes Echo findet. Das niedere Ge-
wächs ist vielfach weich und tief wie kriechendes
Moos gefärbt; braun das Wasser im Bach; in den
zahllosen Quellen erblickt man nur schmutzigen Schaum,
unter dem dünne Wasserfäden unsichtbar dahin-
flüstern; schweigsam sind die Bergzüge und ein rätsel-
haftes Sinnen lastet auf dieser kleinen Welt, in die
niemals das Pfeifen und Gedröhne eines Eilzugs hin-
eingellt; sie scheint vom grossen Verkehr vergessen
zu sein. — Ein alemannischer Menschenschlag von
knochiger und erdsicherer Gestalt, gemächlichem Pulsschlag und ausgeprägten Zügen haust hier, der stattlich
einhergeht und gesund an Leib und Seele ist. Der
Alemanne redet ohnehin nicht mehr als nötig ist, —
sein Landsmann aus dem Bernauer Thal ist sogar von

einer auffälligen Schweigsamkeit, die mit dem ver-
haltenen Leben der Landschaft ringsum gut zusammengeht. Es ist ein uransässiger Bauernadel von schlichter
Strenge der Moral, der hier seit undenklichen Zeiten
haust, mit seinem Boden verwachsen ist, aber doch
schon sichtbare Ansätze zu einer einfachen Bildung
zeigt. Der Boden ist nämlich nicht sehr ergiebig und
kann trotz harter Arbeit nicht Alle ernähren. Aus
der Not haben sich bäuerliche Gewerbe entwickelt;
Holzschnitzerei und Uhrenschildmalerei blühen hier
und in der Nähe; die Musik wird als Beruf daneben
viel betrieben und hat zahlreiche Liebhaber herange-
zogen, welche Abends und Sonntags in wohlverdienter
Rast im Garten sitzen und die Violine zu eigener Lust
spielen, statt in die Schenke zu gehen. Ein reines
Bauerntum, das mit allen Sinnen an der Scholle klebt
wie das von Millet dargestellte z. B., giebt es hier also
nicht mehr. Gewerbe, die eine besondere Anlage,
Fertigkeit, Überlegtheit erfordern oder welche wie die
Musik die Seele verfeinern, den Ausübenden über die
Ackerkrume hinausheben und im Handelsverkehr
mit der Stadt den Witz schärfen, haben die Gehirne
bereits für Höheres zubereitet. Diese Mischung von
einfacher Natur und den Anfängen edlerer Bildung
giebt einen guten Schlag und ist der beste Nährboden
für künftige Genies, die in solcher Gegend häufiger
als anderswo wachsen, aber freilich fast alle an der
Ungunst der Verhältnisse und dem Unverstandensein zu
Grunde gehen und nur ausnahmsweise einmal hoch-
kommen. Die Kunstgeschichte kennt viele Abkömm-

linge dieser Art, die im Kampf ums Dasein durch
ihre unbesiegbare Naturkraft den Städtern fast immer
überlegen sind.

Dies gute Schicksal ward auch Hans Thoma zu
Teil, der in einem dieser malerischen alten Häuser
von Bernau am 2. Oktober 1839 in die Welt Einzug
hielt. Er war ein richtiger Goldsohn mit einem statt-
lichen wenn auch in Markwährung nicht zu berechnen-
den Familienerbe. Von der Anmut des Orts, der
Freiheit des Landes, dem angenehmen Menschenschlag
abgesehen, dessen Genusszinsen ihm auch zu Gebote
standen, war in seiner engeren Familie der beste Grund
für Kunst gelegt. Der Grossvater war Musiker, der
Oheim Uhrenschildmaler, und beide Kunstgewerbe
waren unter Vettern und weiteren Anverwandten ver-
breitet. An der Mutter rühmte er mir selbst einmal
die ungewönlich-lebhafte Phantasie, die zeitweise bis
ins Visionaire ging, und gemeinsame Freunde schil-
derten mir die erst in der Mitte der 90er Lebensjahre
im Hause des Sohnes entschlafene prächtige Frau als
sehr herzwarm, voll trefflicher Gesinnung und reich an
natürlicher Bildung. Das ging auf den Sohn wie auf
eine jüngere Tochter, die geschwisterlich aneinander
hingen, über. Aus einem Bilde des Vaters, der früher
starb, sticht in den sehr ausgeprägten Zügen geistige
Regsamkeit und eine schweigende zähe Willenskraft
hervor, die Thoma also von dieser Seite haben dürfte.

Er war schon früh ein absonderliches und stilles
Kind. Er zeichnete auf seiner Schiefertafel Landschaften, Thiere, Menschen, Häuser, wie es ihm vorkam

und mit einer Vielseitigkeit, die meist mit einer ganz bedeutenden Gabe verknüpft ist. Die gute Mutter half dabei so gut sie konnte; sie interessirte Pfarrer und Lehrer dafür, die wie die Nachbarn und Verwandten ein reges Interesse an diesen Zeichnungen und den Gestalten, welche der Knabe aus Papier schnitt, nicht verhehlten und die Mutter in ihren Ahnungen bestärkten, dass aus dem Jungen einmal Gutes werden würde. Er machte jedoch durch seine leichte Fassungsgabe und seinen Fleiss auch in der Schule den Eltern wie den Gönnern Freude, sodass man bald mit dem Gedanken umging, ihn Pfarrer oder Lehrer werden zu lassen, die auf dem Lande ja den höheren Lebensberuf vertreten. Er selbst machte sich jedoch keine Sorgen darüber, lernte, zeichnete, vergrub sich mit Vorliebe in alten Kalendern und hatte über deren schlechten Holzschnitten ganz herrliche Träume von Farbenbildern, die er bis in seine Jünglingsjahre hinein nur von Hörensagen kannte. Ein seliger Taumel erfasste ihn, als er eines Tags den ersten kleinen Tuschkasten in die Hände bekam und damit den Zauberstab in seinen Händen glaubte, um alle die erträumten Wunder greifbar zu machen. — Ein tiefrührender Zug geht durch diese kleinen Erlebnisse einer Kinderwelt; ergreifend in der heissen Sehnsucht nach Dingen, die das Auge noch nie geschaut hatte, und in dem emsigen Bemühen, sie sich zu gewinnen, — packend durch die dem Kinde unklaren Offenbarungen eines unwiderstehlichen Triebs. Wohl alle grossen Künstler, deren Leben wir kennen, haben spätestens im Knabenalter Kunstwerke zu Gesicht bekommen und ihre Träume wie ihren Drang nach einer ganz bestimmten Richtung daran genährt, während Thoma in der Abgeschiedenheit seiner Bergheimat diese Dinge

Gebirgsdorf.

nur ahnt und nur vom inneren Gesicht seiner Gnadengabe rastlos auf ihre Spur getrieben wird.

Für den Gefirmelten musste schliesslich am Ende dieser Kinderjahre an einen Beruf gedacht werden. Seine Art wies den Weg. Er wurde nach Basel in

eine Steindruckerlehre gegeben, konnte jedoch nur
ein Jahr lang das gebeugte Sitzen am Tische bei seinem
nicht sehr starken Körper ertragen. Er kehrt heim
und jetzt wird es mit der Lehre bei einem Uhrenschildmaler in Furtwangen versucht. Hier hielt Hans durch
und kehrt erst in seinem 17. Jahre heim. Das freud-
lose Handwerk beschäftigte ihn wohl noch ein Weilchen;
es entstand auch ein erstes Gemälde in der Uhren-
schildweise nach einer Kalendervorlage; dann aber
brach die innere Neigung gewaltsam durch und er
begann auf eigene Faust nach der Natur zu malen.
Was daraus werden sollte, wusste er so wenig als die
Seinen; die Wege und Hilfsmittel des Kunstberufs
kannte man nicht; man liess den Jungen in der Abneigung einfacher Leute gegen feste Entschlüsse in
ein unbekanntes Gebiet hinein sein harmloses Treiben
ausüben und dachte mit glücklicher Zuversicht, dass
der liebe Gott in seiner Einsicht schon wüsste, was
er mit Hans vorhatte, und zur rechten Zeit Rat schaffen
würde. Ein paar Jahre stillen Glücks zogen dem
Jüngling einförmig dahin. Er sass draussen und schuf
in stiller Lust. Er beobachtete die Natur in ihren
Formen und Farben dauerhaft und gründlich; die
grossen Stimmungen des Landes wurden lebendig vor
ihm; der Wechsel in den Tages- und Jahreszeitzuständen,
das stille Regen der Berg-, Wald- und Wiesen-Abge-
schiedenheit begannen immer klarer zu seinen beob-
achtenden Sinnen zu sprechen, die mit Kalenderlesen
und Nachdenken ihre Vorstellungen allmählich erwei-
terten. Eine so selige Wunsch- und Sorglosigkeit, eine

so frohe Zuversicht auf die Zukunft war in ihm, als könnte es nie anders in seinem Leben werden. Kam doch auch gelegentlich durch Bildnisse von Bekannten und Verwandten etwas Geld in seine Hände, das seiner Anspruchslosigkeit genügte, so wenig es war.

Dieses Idyll vernichtete der Tod mit einem Schlage. Der Vater starb 1859; Bedrängnis hielt Einkehr ins Haus und Seelennot, was mit dem Zwanzigjährigen werden sollte. Da fasst die Mutter einen herzhaften Entschluss. Sie packt eine Anzahl Arbeiten ihres grossen Jungen zusammen und geht im Vertrauen ihres schlichten Gemüts auf einen selbstlosen Helfer nach St. Blasien, wo ihr der Amtmann Sachse als kunst-liebend und menschenfreundlich genannt war. Der Glaube einer Mutter kann Berge versetzen, wie es in uralter Weisheit heisst. Er rührte den Angerufenen, der sich sogleich an den Grossherzog Friedrich als den Landesherrn wandte, und dieser zögerte in seiner Hoch-herzigkeit nicht, nachdem Schirmer ein bejahendes Gutachten über das Talent des Jünglings abgegeben, mit einem Stipendium zu helfen. Der treffliche Amt-mann, der sich so erfolgreich des Bedrängten annahm, wird es sich freilich schwerlich gedacht haben, dass er selbst noch als Karlsruher Geheimrath seinen Schütz-ling als berühmten Künstler und Direktor des Gross-herzoglichen Museums einst wieder begrüssen sollte. Schirmer hingegen, der 10 Jahre früher in Düsseldorf Böcklins Talent erkannt hatte und im kleinen Rahmen seiner frischen Farbengebung als moderner denn viele seiner Zeitgenossen gelten konnte, war seiner Sache

sicherer; er witterte scharf die Zukunft in den noch
ungefügen Versuchen des Lehrlings und rechnete auch
wohl mit dem zähen Bergmenschenmark. Denn als
ihn eines Tags das junge grossherzogliche Paar in
seiner Werkstatt besuchte, führte er seine hohen Gäste
vor die nebenan befindliche Staffelei des abwesenden
Thoma und äusserte zuversichtlich, dass der kleine
Schwarzwälder, — wie er allgemein hiess, — noch einmal
etwas Grosses werden würde. Erlebt hat er das Ein-
treffen seiner Voraussage nicht mehr, da er schon
1863 starb.

Um den Thoma-Hans aus Bernau in der Thaleinsamkeit droben aber funkelte die Welt im Sonnenglanz und läutete es wundersam, wie er mit erwar-
tungsbangen Pulsen und verwunderten Augen nach der
Landeshauptstadt zog. Nun würde er sehen, wonach
er sich heiss gesehnt und wovon er so oft geträumt
im Bett Nachts und bei Tage, wenn er draussen
irgendwo ungestört sass . . . herrliche Farbenwerke
voll Glorie und Glanz . . . und dort auf der Akademie
würden ihm die Meister in Bälde beigebracht haben,
wie man so wundersame Bilder malen kann. — —
Es giebt ein Glück, das unbeschreiblich ist und ohne
Grenzen scheint. Und Jeder, den die Kunst irgendwie
begabte, hat es mit schwimmenden Augen einmal geschaut und erlebt! — —

\*

Sieben lange Jahre ist Thoma jetzt von 1859—66
Kunstschüler in Karlsruhe in der Weise, dass er die

Wintersemester regelmässig auf der Akademie zubringt und dort lernt, während er im Sommer daheim in Bernau auf eigene Faust vor der Natur malt. Er besucht die Landschaftsklasse des ihm sehr wohlwollenden Schirmer und übt Figurenmalen bei des Coudres; auch der philiströs-joviale Akademie-Direktor Lessing, den Feuerbach zeitlebens arg verwünschte, kümmerte sich gern um den jungen Schwarzwälder, der seinerseits eine unverhohlene Neigung für die Kunst jenes später in Wien verstorbenen Polen, der seinen unaussprechbaren Schlachtiz-Namen mit dem klangvolleren »Canon« vertauscht hatte, gewann. Auch sonst kam dem kleinen Herrn aus Bernau alle Welt zur Wohlthat für sein seelenvolles Gemüt freundlich entgegen, nachdem es ruchbar geworden, wie aufmerksam der allbeliebte Grossherzog seinen Schützling verfolgte; die Kühnsten machten sogar Miene, sich zu Gönnern und Käufern auszubilden und übten sich bald in den kleinsten Dosen für diese schöne Aufgabe; Freunde fanden sich in den Mitschülern L. Keller und Bracht, und mit diesem Letzteren ward sogar schon 1860 die erste Studienreise nach dem Schwarzwald unternommen. Die Laufbahn legte sich so rosig als nur möglich an.

Es ergeht einem Menschen indessen nie so gut, als er wünscht und zu wünschen auch wohl ein Anrecht hat, und selten so schlecht, als er in grauen Stunden fürchtet. Der Sonnenglanz, welcher vor Thoma's nächster Zukunft gefunkelt hatte, wich bald grauem Dunst und Zwiespaltjahre voll Kämpfe und Kummer wurden ihm die Karlsruher Jahre. Das hatte

Gemüsestand.

Aus dem Thoma-Werk, Verlag von Franz Hanfstaengl in München.)

seinen Grund darin, dass der junge Schwarzwälder kein
unbeschriebenes Blatt mehr war, als er mit 20 Jahren
auf die Akademie kam. Er hatte ein ganz unbe-
fangenes Sehen der Erscheinungswelt, feste Meinungen
über Licht und Farbe ausgebildet und tief bei sich
wurzeln lassen. Die Frische und Unmittelbarkeit darin
bewunderten seine Lehrer, aber als spitzpinselnde Fach-
menschen damaliger Art meinten sie, dass die Breit-
pinselei des Schwarzwälders nur für Studien tauge
und für wirkliche Bilder abgelegt werden müsse, und
dass ein rechtschaffener Malersmann zudem, statt überall
herumzuschwirren, ein engeres Gebiet haben solle,
in welchem er sich nach und nach zu einigem An-
sehen, Vermögen und weltlichen Ehren hinaufmalen
könne. Je besser die Lehrer es mit ihm meinten,
umsomehr setzten sie ihm zu, seine knorrige Art
säuberlich abzuschleifen. Ehrfürchtig vor Rang, An-
sehn und Alter seiner Professoren gab sich der junge
Kunststudent die grösste Mühe, sich das Heil nicht
zu verscherzen und seine Sache wider bessere innere
Überzeugung so zu machen, wie gewünscht ward; an
jedem Winterende war er glücklich so weit, dass seine
Meister Hoffnung schöpften. Zu ihrem Unglück lag
leider immer der Bernauer Sommer dazwischen; in
ihm vergass er wieder, was er gelernt, und wurde in
seine alte Art rückfällig, was denn bei seiner Wieder-
kehr das Entsetzen seiner Professoren jedesmal mit
Sicherheit hervorrief. Siebenmal also aus seiner fest-
gewachsenen Haut mühselig herauszukriechen, eine
neue sich bilden lassen und dann aus innerem Trieb

immer wieder in die alte zurückzuschlüpfen, war eine
harte Aufgabe: man mag die Qual eines wollenden,
orakelgläubigen, weltunläufigen jungen Menschen er-
messen, der sich als Dank für die erwiesene Wohlthat
zu jeder Forderung seiner Oberen verpflichtet hielt und
sich zu dieser seelischen Folterung zwang. Man darf
freilich die Lehrer hierbei nicht schelten, wie ich heute
glaube, nachdem mir Thoma-Werke jener Zeit vor
Augen gekommen sind. Sie konnten ebenso wenig
aus ihrer Körperhülle und ihrer Zeit heraus. Was
dieser Akademiker ihnen in seiner ungeschminkten,
grossen, arglosen Natur und in diesen sonnenhellen
Farben bot, lag für sie damals noch unfassbar im
Schooss der Zukunft. Sind doch diese Bilder Thoma's,
wie z. B. ein Doppelbildnis von Mutter und Schwester,
gleich Menzels »Prinz-Albrechtspark«, Böcklins »Pan«,
Schmitsons Schöpfungen die frühsten Offenbarungen
einer viel später erst breit gewordenen Kunstanschauung.

Eine gesunde Seele zehrt sich indessen nicht leicht
in Pein auf, wie lange diese auch dauert. Sie sucht
sich wie das Tier im Walde draussen nach dunklem
Trieb Heilkräuter und Gegengifte. Thoma liess in
einer allmählich sich auswachsenden verbissenen Zähig-
keit seine Meister reden und setzte ihren Lehren einen
gewissen zögernden Widerstand entgegen, da er in der
Malerei, wie ihm allmählich dämmerte und später
gewiss ward, doch keinen ernstlichen Nutzen von ihnen
hatte. Er suchte Fortkommen und Erquickung anderswo,
— in der Vertiefung seines Seelenlebens, der Berei-

cherung an Kenntnissen und Vorstellungen. Und für diese seine Bildung ist Karlsruhe, das er in elementarer Beschaffenheit betrat und gutgegründet wie vorbereitet

Der Violinspieler.

in geistiger Hinsicht verliess, trotz alledem von erheblichem Eindruck gewesen. Man stelle sich vor, wie unendlich schwer gerade ihm die Erwerbung dieser nötigen Eigenschaft war, der als ein guter, bescheidener und treuherziger Junge aus seinen Bergen in die

Stadt kam und bisher trotz aller Lernbegierigkeit über
die einfachsten Vorstellungen nicht hinausgekommen
war; der Vieles nicht wusste, was dem gebildeten
Stadtmenschen als Scheidemünze des täglichen Ver-
kehrs dient. Einiger Umgang in guten Häusern hätte
ihn leicht auf das hingewiesen, was ihm fehlte; aber
arme Talente ladet man bekanntlich nicht ein, weil
man damit nicht prunken kann; vielleicht wäre er in
seiner Scheu auch geflohen, hätte man es versucht. —
Dafür leitet ihn Kunsttrieb und Bildungsdrang in diesen
langen, einsamen Jahren auf einen erreichbaren Weg,
der sein ganzes Leben vorzeichnen, seine Seele abstimmen
und mit klingender Dämmerung füllen und so Musik
als eigentümlichen Bestandteil in seine Farben mischen
sollte. Das tiefe Schweigen der Vergangenheit in den
Museumssälen, die glutvolle Ruhe in Domen mit alten
Glasfenstern, die feierlichen Linien alter und neuer
Kunstblätter werden der Rückzugswinkel für sein Gemüt,
so oft die Wunden schmerzen und ihn Heimweh packt.
Er sucht am Handwerk der Alten zu lernen, gerät
dabei allmählich in ihre strengen Vorstellungskreise
hinein und verliert sich gern in ihre von der Patina
der Jahrhunderte gewürzten Stimmungen, weil sie feier-
tägige Schwingen an seine Seele heften und sie aus
der Gegenwart heraustragen. Die geschichtlichen,
philosophischen und poetischen Vorstellungen dieser
Alten machen sich einstweilen noch nicht bei ihm
bemerkbar, aber seine Gefühlswelt stärkt und vertieft
sich an der ihrigen und reift bald zu einer beherr-
schenden Selbständigkeit. Ihm fallen dabei die Heimat-

erinnerungen an Wiese und Wald, an wundersame
Abendstunden am nächtlichen Haus und im Gemüse-
garten sehnsüchtig ein und bald tastet er mit ruhigen
Nerven und einer von Nikotin und Alkohol noch nicht
geschwächten Keuschheit des Empfindens danach,
diesem Rätsel unbegreiflich tiefer und wonniger Gemüts-
zustände Gestalt zu geben. Das erklärt es auch, dass
ihn Canon mit seiner dämmerigen Farbentiefe so sehr
anzieht und ihm die gemütvolle Kleinwelt L. Richters
in ganz anderer Art das gleiche dauernde Vergnügen
macht. Eines Tags aber am Ende der Karlsruher
Jahre wird ihm dies Alles klar und eine grosse wie
feierliche Erlösung kommt über ihn, da er die ersten
Blätter von Albrecht Dürer kennen lernt. Er stutzt
anfangs und weiss nicht, woher ihm der Jubel über
diese Schöpfungen mit einem Male kommt; er sinnt
und forscht weiter und dann tritt ihm fast plötzlich
die Ursache dieser starken Wirkung entgegen: die über-
mächtige Gemütswelt in diesen Gebilden, welche die
Form zu sprengen versucht, wird ihm offenbar; Erkenntnis in Fülle stürzt auf ihn ein von der Persön-
lichkeit in dieser Stilgebung dem Klang zu Liebe und
von einem Sagenwollen, mehr als die Zeichnung wiedergeben kann. Im gleichen Augenblick aber auch, in
dem Thoma die seine ganze Laufbahn fortab beherr-
schende Stilformel beim Nürnberger fand, weiss er
plötzlich, dass auch dieser mit der Akademie in Zwiespalt
gekommen wäre, hätte er an seiner Stelle gestanden.

Jetzt fällt dem jungen Akademiker ein Stein von
der Seele; der Glaube an seine Lehrer kriegt einen

tiefen Riss. Wie nun auch der Zufall eingreift und
bemalte Leinwand in Gulden verwandelt, macht `Hans
Thoma entschlossen einen Punkt hinter die Lehr- und
Leidensjahre und geht ab, sich den Wind auch einmal
anderswo ins Gesicht wehen zu lassen. — ·· —

\* \* \*

Thoma geriet jetzt nach Düsseldorf. Hoffte er in
der freundlichen Gartenstadt an der Düssel einen
freieren Boden für seine Art zu finden, — zog ihn die Stadt
der Bendemann, Rethel, Schrödter und Gesinnungsge-
nossen mit ihrer Romantik als mit etwas Verwandtem
an oder gab sein ihn begleitender Freund Scholderer den
Ausschlag bei der Wahl? Gleichviel, — Thoma fühlte
sich von dem dort ortsüblichen Klassicismus ebensosehr
als von dem schon blühenden Realismus enttäuscht. Indessen sass er mit seinem stillen Frohsinn von 1867—68
dort fest und schaute in das dortige Treiben hinein, das
seinen Gesichtskreis immerhin erweiterte. — Ein Bilder-
verkauf hatte den Anlass für die Uebersiedelung nach
Düsseldorf gegeben; ein ebensolcher half dem jungen
Künstler auch wieder aus der rheinischen Kunststadt
heraus. Da es sich diesmal aber um die Riesensumme
einiger 100 Gulden handelte, die dem Bedürfnislosen ein
Vermögen schien, musste Grosses damit unternommen
werden, was in diesem Falle eine zweimonatliche Reise
nach Paris war. Und hier sollte dem fast Dreissig-
jährigen die zweite grosse Offenbarung seines Lebens
werden.

Paris stand damals noch unter der Hochflut des
zweiten Kaiserreichs und bot in seiner öffentlichen

Erscheinung die glänzendsten Bilder von Europa. Dazu
lernt Thoma im Louvre zum ersten Mal ein grosses
Museum kennen, dessen alte Meister in ihren Haupt-
werken ihn geradezu hypnotisieren; verstand er doch
vom Handwerk gerade genug, um ihren Wert richtig
zu schätzen. Die grosse Offenbarung aber brachte ihm
Courbet. Courbet, als Mensch ein bedeutender Maul-
held und ein ausgezeichneter Bierbank-Aesthetiker,
bei dem sich klare Spuren von Grössenwahn erkennen
lassen, bietet als Maler ein erfreulicheres Bild. Er ver-
hütete mit seinem robusten Naturalismus, dass die Schule
von Barbizon in Verblasenheit aufging; er fügte zu deren
landschaftlicher Auffassung die figurale und war ein
trefflicher Meister in dunkler, lichtarmer Tongebung,
wie seine spanischen und lombardischen Vorbilder es
ihn gelehrt. Er war damals in der Nachwirkung seiner
bekannten Protestausstellung Ende der 50er Jahre bereits in Blüte gekommen und beschäftigte alle Welt
ebensosehr durch seine Kunst, die in ihrer Enge aller
Ehren wert ist, als durch seine urteils- wie geschmack-
losen Kunsterlasse und Streiche, deren einer diesem
politischen Charlatan später bekanntlich schlecht aus-
ging. Die Natur nun in diesen Werken von Courbet,
der grosse Zug und die Unmittelbarkeit der Auffassung
machten auf Thoma einen gewaltigen Eindruck. In Bild
um Bild erkannte er trotz einer anderen Art ein ver-
wandtes Sehen und Empfinden der Erscheinungswelt; er
fühlte sich jetzt vollkommen im Recht seinen Professoren
gegenüber und glaubte aus Courbets Beispiel schliessen
zu können, dass eine solche folgestreng vertretene An-

schauung sich auch die Anerkennung erzwingen würde. Nichts aber reizt eine junge Kraft mehr als die Aussicht auf einen siegreichen Kampf um die Zukunft; ihm schwoll das Herz hoch auf; er bedachte nicht, dass der Naturalismus in der deutschen Art keinen dauernden Widerhall finden könne und man, um damit für eine kurze Zeit überhaupt gehört zu werden, ein so durchtriebener Marktschreier als Courbet sein müsse. Jugend wird ja viel mehr von Schlagworten als von Erwägungen geleitet. In der That ist auch Thoma erst als der bedeutende Künstler gewürdigt worden, als er den Naturalismus längst überwunden hatte.

Einstweilen aber war damals Triumph in seinem jungen Herzen. Er eilt von Paris geradenwegs nach Bernau zurück und dort entstehen jetzt im Angesicht der freien Natur etwa 10 grosse Bilder von je 2 Metern Breite, in die er alle seine Zuversicht und einen erfolggewissen Uebermut sogar hineinmalte. Die Welt sollte halt kühn in die Schranken gefordert werden, und zwar von Karlsruhe aus. Thoma wird in dieser Meinung durch seine Malgenossen bestärkt, denen er im Winter die Bilder zeigt. Eine Gesamtausstellung sollte sie im Kunstverein vorführen. Durch einen Zufall geschieht dies im Winter 1869/70 nacheinander, sodass der harmonische Ausgleich einer folgestreng durchgeführten, wenn auch befremdenden Naturanschauung für die Beschauer fortfiel. Die Bilder fallen in Aufsehen erregender Weise durch und erregen sogar eine starke Entrüstung; Jeder fühlte sich in seinem Empfinden beleidigt; das Schlimmste jedoch war, dass alle Gönner

Raufende Buben.
Aus dem Thoma-Werk, Verlag von Franz Hanfstaengl in München.

ihre Meinung unter dem Druck der öffentlichen Erregung
schleunigst umbildeten und sich zurückzogen. Der
Thoma-Hans aus Bernau sass mit einem Schlage hilflos
auf dem Pflaster.

Das war 1870. Es sollten 20 lange Jahre ver-
streichen, ehe Thoma mit einer Gesamtausstellung das
hier erstrebte Ziel erreichte und die Mitwelt ihm end-
liche Genugthuung für diesen Durchfall mit einem Erfolg
von noch grösserem Aufsehen gab. Einstweilen jedoch
sass er mittel- und hilflos nunmehr in Karlsruhe fest
und schlug sich ein Jahr lang in düsterer Verzweiflung
durch; ihm schienen die Schwingen gebrochen und
sein alter Frohsinn für immer fort; er wäre am liebsten
nur Nachts ausgegangen, um Niemanden das Brandmal
auf seiner Stirn sehen zu lassen, mit dem er sich geächtet glaubte; hielt er nach der Art junger Menschen,
einfacher Leute und schwacher Charaktere doch diese
Niederlage von Anschauungen und Grundsätzen für eine
persönliche Schmach, womit er sich als noch nicht
gereift für grosses Wirken erwies. Nach langer Zeit
erst regte sich die Bergmenschenzähigkeit wieder in
ihm; er verspürte die erziehliche Wirkung des Schlags,
rechnete fortab nicht mehr mit der Aussenwelt, wurde
gleichgültig gegen ihr Lob wie ihren Tadel und ver-
spann sich ganz in sich selbst und seine Traumwelt,
die ihm auch bald dann seine alte Zuversicht wieder-
gab. Als ihn der Auftrag eines Fabrikanten Krafft in
St. Blasien jetzt nach München rief, schüttelte er das
Karlsruher Erlebnis wie einen bösen Alb von seiner
Seele und hatte die Kinderkrankheiten der Künstlerlauf-

bahn endgültig überwunden; man sieht es ganz deutlich an seinem Schaffen, denn nun wachsen lauter ernste Kunstwerke unter seiner Hand. — —

— — In München lebt der junge Künstler zunächst von 1871—74, also zur gleichen Zeit mit Böcklin. Auch dort war noch kein Boden für ihn. Kaulbach war noch Akademie-Direktor, Piloty und Schleich wirkten noch u. A. von den älteren Künstlern, Defregger, Max, Lenbach waren im Aufstieg mit einer in der Mache vollendeten Realistik, welche über die Werkstatt-Beleuchtung nicht hinausging. Dementsprechend war der Geschmack des Kunstvereins-Sonntagspublikums so kernigen Naturmenschen wie Böcklin und Thoma nicht günstig; der Letztere wie seine Freunde erlebten es, dass seine besten Schwarzwaldbilder einen unzweifelhaften Heiterkeitserfolg davontrugen. Das focht ihn jedoch nicht mehr an. Denn einmal war es keine schlechte Genugthuung für ihn, dass mehrere der in Karlsruhe am meisten geschmähten Bilder ein Engländer um baares Geld erwarb und den Schwarzwälderhaus, der aus Anspruchslosigkeit zu seinem Glück stets meisterhaft hauszuhalten verstand, damit auf lange Zeit hinaus in seinem Unterhalt sicherstellte, — und dann wog ihm die unverhohlene Anerkennung eines einzigartig gut diese Jahre hindurch zusammenstimmenden Künstler- und Freundeskreises schwerer als die Unbill durch Menge und Kritik. Einen Viktor Müller, der leider 1871 schon viel zu früh verstarb, Leibl, Alb. Lang, Haider, Trübner, Stäbli, Steinhausen, Scholderer konnte er in ihrem Urtheil über

seine Art schon ernster nehmen als die schwerfällig
sich entwickelnde Menge. Auch Defregger, dessen
warme und ungekünstelte Natur in tiefer Verwandtschaft mit der seinigen sich gut vertrug, hielt mit einer
ehrlichen Wertschätzung nie zurück.

Aus diesen Jahren der Zurückgezogenheit, des
inneren Lauschens und Wachsens, des Schaffens reifer
Meisterwerke zieht ein Auftrag den Künstler auf eine
neue Bahn. Er folgt 1874 der Einladung eines Ver-
ehrers und späteren Freundes Dr. Eiser zu einem Be-
such in der Mainstadt Frankfurt und malt doit einen
Gartensaal mit Landschaften aus. Ein Teil des Hono-
rars wird in einer ersten halbjährigen Reise nach Italien,
auf der ihn Lugo begleitet, angelegt. Der Eindruck
war gewaltig. Eine ganz neue Welt eröffnet sich. Der
Dom und die zahlreichen Profanbauwerke aus der Renaissance zu Florenz, der strenge Stil und die geniale
Mache der alten Bild- und Fresco-Maler schlagen ihn
tief in Bann; er fühlt sich besonders zu Botticelli und
Signorelli hingezogen. Siena und Rom, wo er mehrere
Monate weilt, erweitern den Blick in diese Welt jen-
seits der Alpen; er fühlt sich überall erhoben und nach
der seiner Art natürlich liegenden Seite monumentaler
Kunst gezogen. Diesen unvergesslichen Eindruck formte
der Künstler in seinem ebenso flüssigen als gedanken-
vollen Briefstil gegen mich vor Jahren einmal wörtlich:
„Für Manches, was ich geahnt und erstrebt, fand ich
frohe Bestätigung und viele Samenkörner für eine grosse
und reine Kunst fielen in mich.“

Ein ganz eigener Ton aber, der noch lange Jahre

danach hier und da im Thoma-Werk vernehmbar wird, ergab sich in diesen genussfrohen italienischen Tagen aus dem flüchtigen Berühren und Zusammenklingen mit Hans von Marées, jenem seltsamen Künstler und Torso grosser Begabung, dem ein dämonisches Missgeschick fieberhafte Hervorbringung von Blüten auferlegt, aber Reife und Frucht gänzlich versagt hatte. Vielleicht war sein Gehirnleben zu unruhig und seine Selbstkritik zu stark für ein ruhiges Wachsenlassen; er rieb sich jedenfalls damit einsam in seiner geschlossenen Werkstatt auf, ein trotziger Stolz aber liess ihn nach aussen die Maske des geistreichen Aesthetikers vorhängen, wie ihn Heyse als Maler Rossel in seinem Münchener Künstlerroman »Im Paradiese« gut gezeichnet hat. Er blendete und berauschte jeden Menschen von Kunst und Geist damit und zog ihn magnetisch an; das Ende war immer, dass der Nimbus einestags verflog und der Ernüchterte schleunigst das Weite suchte, weil er für seine naive Unbefangenheit fürchten musste. Thoma hat nur die Anziehungskraft ohne die Enttäuschung bei Marées erlebt, weil er ihm nur flüchtig näher trat und beide Künstlernaturen eine gewisse Verwandtschaft in ihren Grundanschauungen besassen. Eine Empfehlung an den hochbegabten und so einsamen Mann verschaffte Thoma eine sehr freundliche Aufnahme und sogar Eintritt in die sonst ängstlich vor Jedermann gehütete Werkstatt. Und dann sassen diese beiden musikalischen Seelen drei Tage lang ausschliesslich beisammen, vergassen die Welt draussen und tauschten Stimmungen und Ansichten

über Kunst aus, in deren Erinnerung sie fortab Freunde
blieben und durch Bekannte Grüsse regelmässig aus-
tauschten, ohne einander je wieder zu sehen. Sie
trafen in ihrem Naturbekenntnis wie in ihrer Stil-
gläubigkeit, eine so andere Mundart auch Jeder sprach,
viel zu genau zusammen, um einander je vergessen zu
können; das Stille und Handlungslose idealen Natur-
daseins, der erhabene Ernst und das Klanggefühl war
nur durch die Schattirung bei ihnen verschieden, sodass man nicht selten den Schatten von Marées durch
ein Bild von Thoma gleiten zu sehen meint. Der
weltgewandte und weltbürgerliche Maler vom Nieder-
rhein und der erdhaftende wie kerndeutsche Mann vom
Schwarzwaldufer des Oberrheins lustwandelten als natürliche Gesellen durch dieselbe Welt klingender Har-
monieen, die zu gestalten der Letztere freilich ge-
lassener und erfolgreicher war. —

Von Italien kehrt Thoma nach Frankfurt zurück,
wo er unter dem Eindruck gewaltiger Erinnerungen
jetzt sann, keimende Wünsche nach monumentalem
Wirken in Farbe und Form umzusetzen. Ein befreundeter
Maler F. Sattler schlägt ihm vor, in Ermangelung ent-
sprechender Aufträge mit ihm gemeinsam zunächst
einmal einen seiner Familie gehörigen Weinbergturm
bei Schweinfurt auszumalen, worauf der Künstler ein-
geht. Nach vollbrachtem Werke kehrt er jedoch fröh-
lich nach München zurück.

Auch der zweite Münchner Aufenthalt Thoma's
von 1875—77 ist von weihevoller Stimmung erfüllt.
Prächtige Werke entstehen. Der alte Kreis findet sich

in alter Harmonie mit geringen Veränderungen wieder
zusammen. Er erhält seinen Glanz durch die An-
wesenheit des sehr bewunderten Schweizers Böcklin,
der, nur ein Dutzend Jahre älter, dem Schwarzwald-
nachbarn freundschaftlich entgegenkam. Er sprach
öfter in Thoma's Werkstatt vor und stellte sich oft
peinlich lange vor dessen neueste Bilder hin, ohne ein
Wort des Lobes oder Tadels verlauten zu lassen und
mit deren Urheber zu reden; er drückte aber seine
Anerkennung durch die Art seines schweigsamen Sehens
und Geniessens so beredsam aus, dass dem Jünger
das Herz nicht selten vor Lust pochte; womit denn
die beiden Leute in gegenseitiger Schätzung trefflich
mit einander auskamen.

Das war ein erquickendes Labsal in diesem zweiten
Münchner Aufenthalt, den Thoma nur durch gelegentliche
Besuche in Bernau sowie in dem ihm mit seiner reizvollen
Umgebung immer lieber werdenden Frankfurt unter-
brach. Ein anderer Lichtpunkt war der Gewinn einer
treuen Lebensgefährtin, bei welcher staatsbürgerlichen
Pflicht er mit der ihm eigenen Klugheit zu Werke
ging. Er fragte nämlich nur sein Herz, das eine bild-
hübsche, feurige und blutjunge Malerin voll Gemüt
und Begabung über die Maassen liebgewonnen hatte,
und hielt dann sorglos Hochzeit. Mit ihr kam Segen
ins Haus. Sie glaubte felsenfest an den Stern ihres
Mannes, was als Ansporn für die Thatkraft eines
Künstlers nicht zu unterschätzen ist; sie wusste in den
knappen Jahren des Harrens die Mittel für den Haus-
halt, der durch Aufnahme von Mutter und Schwester

Thoma's an Personenzahl noch verdoppelt ward, aus
dem Erträgnis einer von ihr eröffneten Damenmal-
schule zu erhöhen und dabei doch stets mit einem
seltenen Takt hinter ihrem bedeutenden Mann zurück-
zutreten, — kurz, sie ward eine der prächtigsten Maler-
frauen, die man sich denken kann, und verbreitete ein
ungetrübtes Glück im Haus. —

Seit 1877 wohnte der Künstler ständig in Frankfurt, — in der Stadt Goethes, Börnes, Schopenhauers, —
auch Thoma's, wie man jetzt getrost sagen kann. —
In anmutiger Berglandschaft, deren Juwel der Taunus
ist, gelegen und durch grüne Höhen von allen Seiten
geziert, ist Frankfurt eine der schönsten Städte
Deutschlands. Vornehm-stille Paläste und behagliche
Villen in den neuen Stadtteilen, — malerische Gassen
und Bauwerke in den alten gehen so gut ineinander
an dieser Stelle wie weiche Milde der Luft, Farben-
lust, süddeutsches Lebensbehagen mit norddeutscher
Betriebsamkeit. Eine schier traumhafte Vergangenheit
und alte Bedeutung wird kaum durch einen gross-
städtischen Verkehr in den Hauptstrassen verscheucht.
Beide vertragen sich gut miteinander, weil Alles natürlich gewachsen scheint und Frankfurt eine Weltstadt
mit grossartigen Beziehungen schon seit langer Zeit
war. Eine schöngeistige Ueberlieferung hat sich erhalten und ist in verfeinerter Bildung fruchtbar geworden; der Durchschnittsgeschmack ist geläutert; der
Menschenschlag feinnervig, intelligent, gewandt. Börse
und Handelsverkehr bestimmen das öffentliche Leben;
ein Goldschimmer ergiesst sich von ihnen und aus den

Palästen der alten und neuen Handelspatrizier über die
Strassen und weit in die Umgebung hinein; überall
stösst dem Wandernden ein im Geschmack sehr ge-
wählter Luxus auf und nirgends trifft man soviel ta-
dellos elegante Männer, die keine Gecken sind, — nirgends soviel elegante und schöne Frauen als hier. Ein
fast pariserischer Hauch von Parfüm mischt sich davon
in diese weiche und ermüdende Luft, der einem auf
der Strasse, in den Häusern und an den Vergnügungs-
orten seltsam und kosend entgegenschlägt und den
Sinnen mit Bildern von einer durchtrieben verfeinerten
Kultur schmeichelt. In dieser Luft und Umgebung
war der Steppen- und Pferdemaler Schreyer, der welt-
männische Herkömmling des zweiten französischen
Kaiserreichs, der Mann des Tages, — für frischen
Wiesengeruch, getragenen Ernst und keusche Wald-
träume waren schlechterdings in dieser geputzten Stadt
mit der Miene süsser Sündhaftigkeit die Geister nicht
empfänglich. — Darin liegt Thoma's äusseres Schicksal
während seiner 22 Frankfurter Jahre. Lockte ihn die
Nähe von Taunus, Spessart, Odenwald, Schwarzwald
mit ihren köstlichen Phantasierevieren, — reizten seine
starke Innennatur die Wonnen künstlerischer Einsamkeit, die eine Kunststadt nie so vollkommen bietet, —
hoffte er bei dem örtlichen Reichtum allmählich ein
dankbares Absatzgebiet zu finden? Gab das Letztere
vielleicht auf den Rat wohlwollender Freunde hin den
Ausschlag, so war es ein bitterer Trugschluss. Thoma
kam bei der geschilderten Eigenart der Stadt hier erst
zu allerletzt in Aufnahme, als er im übrigen Deutsch-

Meissner, Hans Thoma. 4

land schon berühmt war. Er wäre in München spätestens in der halben Zeit ein gefeierter Künstler geworden.

Es ging ihm zunächst viele Jahre hindurch in Frankfurt knapp und lange Zeit musste er sich sogar ohne eigentliche Werkstatt behelfen; aber es war doch ein kleiner Verehrerkreis da, der regelmässig kaufte, wenn er auch nicht viel zahlte; und der auch nicht genug Werke von dieser Hand erhalten konnte. Bei seinen wirtschaftlichen Eigenschaften schlug sich Thoma auf diese Weise rechtschaffen durch, ohne darben zu müssen oder sich gar als Märtyrer zu fühlen. Sein alter Frohsinn vielmehr liess ihn das Leben nehmen wie es ist, und eine unbesiegliche Zuversicht war alle diese dunklen Jahre bei ihm, da kein Mensch in der Öffentlichkeit von ihm Kunde hatte. »Meine Zeit kommt auch noch«, pflegte er ständig zu sagen, wenn von der blinden Welt unter seinen Freunden die Rede war. Ihn stärkte und vergewisserte die Anhänglichkeit und der Bildhunger seiner Verehrer bei dieser Selbstkritik nicht wenig. Kaufte doch einer derselben, ein in Liverpool ansässiger Frankfurter namens Minoprio, in diesen Jahren allmählich etwa 60 Bilder, — 60 der herrlichsten Thoma's mit der bezaubernden Würze der Künstlerjugend! — und veranstaltete davon 1885 in Liverpool eine Sonderausstellung unter erheblichem Aufsehen. Ein anderer Verehrer namens Ravenstein liess sich seine Villa vom Künstler schmücken, — wieder Andere wie der verstorbene Dr. Eiser suchten in Wort und Schrift für die Anerkennung des Einsamen zu wirken.

Pecht hat einmal, — irre ich nicht bei der Betrachtung von Schwinds Lebenslauf, — geäussert, dass jeder
geniale deutsche Künstler unfehlbar zu den verdienten

Kentaurenspiel.

Ehren komme, wenn er sich bis zu seinem 50sten Le-
bensjahr durchzuschlagen vermöge. Unser Meister
musste sogar noch ein Jahr länger warten. Er stellte
im Mai 1890 im Münchener Kunstverein etwa 30 Bilder aus, die nicht nur ein geradezu unerhörtes Auf-

schen machten, sondern auch fast insgesamt verkauft
wurden. Der Name Thoma hatte mit einem Schlage
Vollklang neben Böcklin und Klinger. Das brachte
den kleinen, inzwischen grau gewordenen Herrn freilich nicht mehr aus der Ruhe; er war seiner Sache
immer sicher gewesen; auch hatte er Narrheit und
Wahn der Menge mit ihren willkürlichen Eingriffen in
sein Schicksal allzusehr in den 20 Jahren zwischen der
Karlsruher und der Münchner Ausstellung ausgekostet;
ihn blendete und beirrte deshalb auch der späte Bei-
fall nicht mehr. Nur dachte er jetzt an grössere Behaglichkeit der Lebensführung. Im Sommer sass er
mit seiner Familie fortab in dem Landstädtchen Ober-
ursel am Taunus, wo ein freundliches Haus mit hübschem
Garten einen fesselnden Ausblick auf das Gebirge bot,
— im Winter hauste er in einer eigenen kleinen
Villa an der nordwestlichen Stadtgrenze von Frankfurt
und nahe der freien Natur und empfing hier gastlich
seinen alten Freundeskreis, zu dessen Stamm: Dr. Eiser,
Prof. Dr. Zinzer in Wiesbaden, Henry Thode, — welcher Thoma's erste Beziehungen zum »Wahnfried« in
Bayreuth vermittelte, — Frau Anna Spier, — die als eine
der Ersten und mit feinem Verständnis über Thoma
schrieb, — sich bald neue gesellten, sodass es mit
der seit 2 Jahrzehnten im Hause Thoma herkömmlichen Märchenstille bald ein Ende hatte.

Eine neue Jugend kommt mit diesem Aufschwung
über die Künstler-Schaffenskraft. Duftige Märchen-
träume erwachen in anmutiger Farbengestalt; seine
alte Romantik erreicht ihre Höhe und kennzeichnet

des Meisters eigenste Bahn; bald wendet er sich unter
weitem Aufsehen dem Steindruck zu, durch den er in
Basel einst vergeblich in die Kunst zu schlüpfen
trachtete, und erfindet einen künstlerischen Stil dafür;
er versucht sich in der Radierung und das an köstlichen Einfällen reiche Album der »Federspiele«
entsteht.

In demselben gegenwärtigen Jahr 1899, als der
Meister sich in Cronberg am Taunus nunmehr auch
für den Sommersitz ein eigenes Landhaus erbaute, sollte
ihm noch eine glänzende Genugthuung für die einstigen Karlsruher Erlebnisse zu Teil werden. Der Grossherzog Friedrich von Baden, der seinen einstigen
Schützling inzwischen nicht vergessen hatte, berief ihn
bei Freiwerden des Postens als Direktor des Karlsruher Museums und verlieh ihm gleichzeitig eine Pro-
fessur an der Karlsruher Akademie, deren leidensvoller
Zögling er einst war. Ein Kreislauf hat ihn dorthin
zurückgeführt, wo er einst hoffnungsselig in die Kunst
zog und dann geächtet fliehen musste, — berühmt
und gefeiert kommt er als einer der Besten in künstlerisch bedeutender Zeit jetzt heim, — vor allem
aber als ein zufriedener und beneidenswert glücklicher
Mann. — — —

*       *

— — Ganz unbekannt mit Satzung und Regeln
einer wohlangesehenen Malerzunft, in löblichen Ge-
bräuchen völlig ununterrichtet und unwissend in jahr-
hundertalter Anwendung der einfachsten Hilfsmittel ist

Hans Thoma einst nur durch dunklen Trieb in die
Kunst geleitet worden. Der blaue Himmel, der über
seinem Heimatthal sonnte, die Pappeln und Erlen am
Wildbach rundete, das Summen der Käfer im satten
Grün weckte und funkelnde Tiefen in der Walddämmerung schuf, — die Mondnacht, welche mit sehnsüchtigem Flüstern das ruhende Dorf umarmte und
ihm Mären zuraunte, waren seine natürlichen Lehr-
meister und hiessen ihn unermüdlich in diese kleine
Welt schauen, sein Auge an ihr schärfen und in Farben
nachbilden, was er in zäher Beobachtung Jahre hindurch in ihr entdeckte. Kein nüchterner Laut von
draussen hallte störend in diese Abgeschiedenheit; kein
wechselndes Bild oder flüchtiges Ereignis, wie in der
Stadt, brachte Unruhe in die nervenlose Gelassenheit
des Schaffenden, dem auch die einfache Kost und die
schlichten Sitten des Landes unsichtbare Helfer im
Treffen des Naturtons waren; herzwarme Volksdichtung
und wehmütige Liedesklage um Liebe und Vergangenheit, um Heimat und Glück hielten den Geist frisch
und empfänglich; aus der Natur ringsum geschöpft
hielten sie alle Zwiespältigkeit von diesem unberührten
Wesen eines jungen Malers fern, der nicht wusste, dass
er ein Künstler und ein bedeutender Entdecker war.

In diesen Bernauer Jugendzuständen liegt die
einfache Grundformel für das gesamte Thoma-
Werk: die Natur, welche in Einsamkeit, Selbstver-
gessenheit und mit einer um Jahrzehnte voraus-
geschrittenen Unmittelbarkeit durch die Künstlerhand
gespiegelt wird.

Erst ein Jahrzehnt, nachdem Thoma vom Schwarzwald in die Ebene und in das Welttreiben hinunter-
gestiegen ist, gewinnt diese Formel durch Dürer und
Courbet eine Schattirung und mit der Künstlerseele
ist eine Veränderung vorgegangen. Gesammelter und
geläuterter wird das Naturbild bei ihm; ein geheimnis-
voller Lebensodem hat Einkehr gehalten; die Gottheit
geht durch Hauch und Geflüster von Wasser und Wald;
ein mystischer Priester ist der Künstler geworden, der
mit gedämpftem Wort von grossen und unfassbaren
Dingen spricht, die sich ihm hinter der Maske der
Wirklichkeit enthüllen wollen; er selbst aber geht jetzt
in dionysischer Entrücktheit und Verzauberung einher,
denn ein seltsames Klingen liegt ihm im Ohr, so oft
er in die Landschaft hinein und die Kreatur in ihr
erblickt.

Nahezu 2 Jahrzehnte dauert dieser innere Zustand
des Künstlergemüts, der heute noch nicht überwunden
ist. In seiner letzten Spanne aber beginnt sich eine
neue Schattirung abzulösen, die nur in der Verein-
fachung von Farbe, Zeichnung und Phantasie wesent-
lich neue Merkmale nach aussen zeigt, im Grunde aber
nur eine reifere Auffassung metaphysischen Bekennt-
nisses zu nennen ist. Auf dieser dritten und bisher
letzten Stufe neuartiger Gefühlsromantik sind die zuvor
unsichtbaren Geister der Natur zu traumhaftem Leben
erwacht, der Meister aber gebraucht statt der Wirklichkeit jetzt mit Vorliebe Abkürzungen von idealer
Einfachheit und Sinnfälligkeit.

Diesen inneren Weg ist der Künstler leidenschafts-

los, herzwarm, die Seele von Charfreitagszauberklängen
erfüllt, in 3 Stufen gezogen, — immer als der gleiche
sehnsüchtige, stille und keusche Mensch, in welche
Gestalt er auch seine Offenbarungen zu kleiden ver-
suchte. Auch sein Stil ist in allem Wechsel immer
auf dieselbe grosse Einfachheit, Ruhe und Feierlich-
keit gestimmt gewesen, wenn er auch im Gang der
Entwickelung eine dreifache Form erkennen lässt.
Immer hat Idee und Inhalt, immer der tiefe Klang die
Gewalt. So sehr, dass dieser meisterliche Darsteller
auf die moderne Beobachtung von Luft und Licht und
andere optische Errungenschaften als auf ernüchternde
Störenfriede der Stimmungsweihe meist verzichten zu
können glaubte, je reifer er wird, und viel lieber zu
den altertümlichen Saitenspielen vergangener Malerstile
griff, wo ihm ein Ton ganz besonders rein durch die Seele
klang.

In der Art, wie Thoma ein Bild aufbaut, erkennt
man, wie gut er in seinem klugen Sinn die Alten
beobachtet hat. Er ordnet fast immer glücklich und
wohlerwogen an; er hat eine feine Hand bei aller
Freiheit von verbrieften Satzungen, sodass seine
Menschen immer dort stehen, wo sie stehen müssen,
um den Rhythmus nicht aufzuheben. — Dazu kann er
ganz prächtig zeichnen, verfügt meist sicher über die
Verhältnisse der menschlichen Gestalt und deren Ab-
messungen im Freien, nicht ohne jedoch gelegentlich
von den Lehrsätzen hier abzuweichen. Er weicht auch
in der Zeichnung mitunter davon ab. Auf wichtigere
Dinge des Nachdrucks und der Harmonie gerichtet

Adam, Eva und Tod. Nach dem Steindruck.

lässt er sich manchmal hier gehen; öfter freilich opfert
er die Richtigkeit in Maass und Strich dem musikalischen Fluss zu Liebe, auf dem bei ihm stets der
Ton liegt. Dabei schätzt er die Zeichnung im Bilde
so sehr, dass er, der in der Jugend es in der Über-
windung des Umrisses mit dem geriebensten Tonakro-
baten von heute aufnahm, in seiner mittleren Zeit in
der Weise der Alten und der Glasmalerei gern ein
breites Band um die Gestalt sich winden liess. Er
hat eben sein Seelenheil niemals in verblüffenden Leist-
ungen der Mache gesucht. Deshalb reizt ihn auch
die Rundheit der Formen, die Stoffähnlichkeit, das
Gewicht der Masse nicht besonders; er zieht flache
Ansichten wegen ihrer reineren symbolischen Wirkung
gern vor. — Am allermeisten kann und wirkt er als
richtiger Akkordmensch mit der Farbe, in deren Beherrschung er ein genialer Virtuose ist und über zahllose Stufenleitern verfügt, so oft ihm daran liegt. Sie
kommt in vielartiger Machweise bei ihm vor. In der
Frühzeit treibt er Ölmalerei; dann wendet er sich
gleich Böcklin, Klinger, Prell, Stuck der Temperafarbe
zu und zuweilen auch der Wasserfarbe. Jene Machart
mit ihren glanzvollen Tiefen, ihrer Geheimnisäugigkeit
liegt ihm ausgezeichnet und ist ihm auch durch die
Zügelung der Arbeitsweise sehr angenehm. Er benutzt sie oft zur Untermalung und geht mit Lasur-
farben darüber her; sie kommt auch alla prima und
dann mit Firnissdecke bei ihm vor; einige seiner Bilder
sind ausserdem ganz in Lasuren hergestellt. Als
eine nachdenksame und stets Problemen nachtastende

Natur liebt er auch die Versuche in verschiedenen
Machweisen, so dass allein aus seinen malerischen
Eigenschaften ein ungemeiner Reichtum spricht.

Aus dieser Grundlage der Mittel und ihrer Beherrschung wächst Thoma's künstlerischer Stil durch
4 Jahrzehnte in 3 Stufen, wobei sich als eigentümlich
zeigt, dass die beiden letzteren sich nicht genau trennen,
sondern neben einander herlaufen. Da ist seine frühste
Schwarzwaldweise mit den einfachen, frischen, unge-
brochenen, lichtsatten, fast bäurisch zu nennenden
Tönen eines urwüchsigen Naturalismus. Ohne eigentlich Licht- und Luftmaler in strengem Sinne zu sein,
erzielt er durch die äusserst scharf beobachtete Stufung
der Farbe eine auffällige Raumtiefe und ein Freistehen
der Gestalten, für deren lebhaften, heiteren und indi-
viduellen Gesichtsausdruck er sonderbarerweise damals
mehr Auge und Sinn besass als später. Dieser frühe
Stil, der durch seine Unmittelbarkeit das Publikum von
Karlsruhe einst so sehr erschreckte, macht Thoma zum
Genossen von Böcklin, Menzel, Schmitson und zu einem
der bedeutendsten Vorläufer moderner Kunst, was bisher ziemlich unbekannt geblieben ist. Er verschwindet
allmählich unter dem Eindruck Dürers, Courbets wie
des Münchner Kreises, und ich kenne kein Bild, in dem
er später noch einmal auftauchte.

In diese kraftvolle Ursprünglichkeit eines unge-
brochenen Naturlauts senkt sich eines Tags Dürer mit
seiner gebundenen Schönheit und Kraft. In der Farbe
kommt Canon als Vorbild zum Wort, das Courbet zum
Dithyrambus stimmt; Marées, Böcklin, Viktor Müller,

Leibl dämpfen das Feuer neuen Glaubens an die geheimnisvolle Macht der Farbe; Jeder ist von ihnen am Reifen von Thoma's zweitem Stil beteiligt; Keinem ist er unterjocht; die eigene Naturandacht des Mannes und das mystische Prophetentum seiner inneren Melodieen schaffen sich einen eigenen Ausdruck. Von dunkler Lage, ist er teils schwer, trübe und melancholisch, — teils von lebendigem Goldton und weichem Glanz, der begreifen lässt, dass Tizian und Rembrandt von jeher seine Lieblinge unter den Malern waren. Bald ist der Ton in diesem Stil ganz tief gestimmt, bald dämmerig-aufgehellt, sodass man sowohl von einer Moll- wie Durtonart desselben reden kann. In ihm liegt Thoma's Jugendkraft in ihrem ganzen Liebreiz offen und dazu eine handwerklich oft ideale Malerkunst, die hier in würziger Milde und altmeisterlicher Tiefe die meisten Wirklichkeitsvorwürfe, die Bildnisse, die schönsten religiösen Bilder und einen Teil der landschaftlichen wie romantischen Werke schuf.

Der dritte Stil ist seit Ende der 80er Jahre schliesslich ganz ohne äusseres Vorbild und von innenher im Zusammenhang mit dem Reifen der romantischen Anschauungswelt gewachsen. Vielleicht dass die inzwischen begonnene Ausbildung vom Steindruckstil unseres Künstlers auf seine Grösse nicht ohne Einfluss war. Stumpfe oder glatte grosse Farbenflächen in hellem, oft silbrigem Licht ohne Quelle und Raumentfaltung, — Figuren von erhabener Einfachheit versinnlichen in diesen herz- und augebezwingenden Stimmungsrätseln die Grundprobleme Thoma'scher Gefühls-

Die Flucht nach Aegypten.

Aus dem Thoma-Werk, Verlag von Franz Hanfstaengl in München.

romantik. Er hat jetzt hier für den geheimen und immer deutlicher werdenden Leitakkord seines, begnadeten Künstlerlebens eine vollendete und ureigene Form gefunden. — — —

\*

\*

Welch' ein unerschöpflicher Reichtum von Erfindungen und Tonarten ihrer Behandlung aber strömt demjenigen entgegen, der ein oder das andere Werk von Thoma sah und gebannt davon sich nach weiteren Dingen dieser Art umschaut! Der schlichte Herzton und die bescheidene Einfalt des Stils lässt gar nicht ahnen, wie vielseitig der Mann war und was für erlesene Meisterwerke er geschaffen, ohne dass die Welt immer Kenntnis davon nahm und sich darüber aufgeregt hat, wie sie es bei einem neuen Werk von Böcklin, Klinger oder Menzel zu thun pflegt. Die Einfachheit und Anspruchslosigkeit im menschlichen Wesen des Künstlers steht in der That in einem seltsamen Gegensatz zu seiner Einbildungskraft wie zu einer unleugbaren Meisterschaft auf vielen Gebieten, und man kann sich oft des Vergleichs nicht erwehren, dass hinter dem schlichtbürgerlichen Kleide einer moralisch wie musikalisch in etwa gleichem Grade gearteten Aesthetik ein künstlerischer Millionair steckt, von dessen Bedeutung seine Zeitgenossen kaum eine Ahnung haben, so sehr er gefeiert wird. Hat doch ein neidisches Geschick weitaus die Mehrzahl seiner Hauptwerke in das Ausland und in Privatbesitz der Provinz übergehen lassen, so dass lange Jahre hindurch nur das Hanfstaengl'sche

Thoma-Werk verriet, welche Meisterschöpfungen entstanden sind, ehe der Romantiker Thoma entdeckt
ward.

Wie vielartig und beweglich eine Künstlernatur aber
auch sein mag, sind es doch stets gewisse Grundlaute
und ein bestimmter Vorstellungskern, welche mehr oder
minder sichtbar und häufiger wiederkehren, die Quelle
des Schaffenstriebes verraten und hier und da mit
besonderer Liebe und besonderem Glück geformt den
Schlüssel gewissermassen für Art und Gesetz des Ge-
samtwerkes abgeben. Bei Thoma vertreten zwei Vorwürfe diese Stelle. Der zweite und bedeutendere soll
die Betrachtung der romantischen Lebensstufe einleiten,
— der erste, künstlerisch weniger grosse aber um-
fassendere Gegenstand möge die Pforte zum Eintritt
in das Gesamtwerk von Hans Thoma bilden; enthält
er doch gleichsam Alles.

In München 1871, noch unter dem Eindruck des
verhängnisvollen Karlsruher Erlebnisses, aber innerlich
gestärkt durch gelassenes Selbsterkennen und den Zuruf
genialer Malerfreunde, hat Thoma ein als Gemälde
und Steindruck mehrfach später behandeltes Bild geschaffen: »Der Violinspieler«. Es ist ein ausge-
klungener Seufzer gleichsam, ein gedämpfter Sehn-
suchtslaut nach der Heimatscholle mit ihrem inneren
Frieden, in dem noch ein letzter Rest von Herzeleid
eines seelenvollen Gemüts leise nachtönt, — aber trotz
dieses Persönlichen bleibt es doch ein vollwichtiges
Programm-Werk. — Da liegt in sommerlicher Mondnacht auf dem Lande draussen ein bäuerlicher Garten

mit Feuerlilien auf schmucklosem Beet und von einem
Stacketenzaun umgeben still und friedlich unter dem
tiefblauen, nur dünn gesternten Himmel; dunkel ist
schon das hochgegiebelte und tiefgedachte Nachbar-
haus nahebei; schattenhaft die Waldmasse am Horizont.
Eine märchenhafte Helle fliesst von der grossen sil-
bernen Mondscheibe über den Wald durch die schweigsame Nacht her; sie versilbert die Zaunspitzen, den
Baumstamm links daneben; sie zieht einen leuchtenden
Umriss um die sitzende Gestalt eines hemdsärmeligen
jungen Landmanns, der in schwermütiger Ergriffenheit
den Bogen über die klagenden Saiten seiner Geige
streicht. Wenige grosse Farben; ein geringer Aufwand
an Linie; weniger als ein Sittenstück und ohne virtuoses
Glänzen ist es ein einfacher und reiner Naturlaut.
Jeder Dutzendkenner geht unfehlbar mit klugem
Lächeln vorüber. Ein paar Dinge fallen auf. Nähme
man den Spieler heraus, wäre die Landschaft verzerrt,
gesucht und ausdrucksarm; denkt man sich den Hintergrund fort, so erschiene der Mann in seiner leiden-
schaftlichen Bewegung übertrieben und man wüsste
nicht, wozu der Aufwand an Körperkräften bei ihm
dienen solle. Eines gehört notwendig zum Anderen;
der Spieler giebt die Melodie für den Unterton der
nächtlichen Natur, — diese aber versinnlicht und verkörpert das tausendfältige leise Regen und die verhaltene
Sehnsucht ihres Traumschlafs in diesem ihrem Geschöpf,
das in den Gängen eines Volksliedes unklare Qual und
zitterndes Herzweh der Menschenjugend loslöst vom
Körper und auf den Schwingen der Musik zu Träumen

Dämmerung im Buchenwald.

(Aus dem Thoma-Werk, Verlag von Franz Hanfstaengl in München.)

von Liebe, Ferne, Zukunftsglück entflattern lässt. Das
Bild ist also in jedem Zuge symbolisch; es unterscheidet
sich darin von 1000 anderen Darstellungen dieser Art,
wie Alt-Düsseldorf namentlich, Alt-München, Alt-Berlin
und Wien sie hervorgebracht; es wird damit das Werk
eines echten, oder wenn man will, grossen Künstlers,
vor dessen tiefem Sinn die Erscheinung nur einen sym-
bolisch-allegorischen Wert hat.

Und hier wird damit auch der tiefe Herzlaut und
eine Art von Generalvorwurf aller Thoma'schen Kunst
sichtbar. Die Natur in ihren grossen Zuständen und
Stimmungen ist der Urlaut, der Mensch darin ihr ein-
faches, abhängiges, sinnvoll nur ihre Regungen aus-
deutendes Geschöpf. Gleich frei von endlosen Gedanken-
fernen, von Willkür geistiger Beziehung und Phantastik
ist Thoma hier und immer Künstler in dem Sinne, in
welchem sich einst Merck über Goethe äusserte: er
giebt wie sein Frankfurter Halb-Landsmann dem Wirk-
lichen die poetische Gestalt. —

In diesem glücklichen Zusammenklang keuschen,
unmittelbaren und tiefen Naturgefühls mit einem ge-
hobenen Stil des Ausdrucks ist Thoma eine bedeutsame
Erscheinung in der heutigen *Landschaftsmalerei* geworden und hat eine eigene Auffassung von Zukunfts-
wert begründet, ohne dass er ein Fachmaler ist und
mit den heute herrschenden Anschauungen davon etwa
zusammengeht; er erscheint hier als ein Verwandter
romantischer Landschaftskunst, aus deren Unterricht er
ja einst als ein Aufgegebener hervorging. — Die Landschaft hat im Kreislaufe des Jahrhunderts bei uns

sonderbare Schicksale gehabt und ist mehr als einmal
in eine Sackgasse geraten. Die Naturfeindlichkeit des
Barokko und Rokoko hatte zuvor mehr als 2 Jahrhunderte hindurch die Sinne für die Grösse der gewachsenen Formen stumpf gemacht und vergessen
lassen, mit welcher Tiefäugigkeit unsere Altvordern
der Renaissance in die freie Natur hineingeblickt.
Jahrzehntelang seit Koch und Carstens schien nur der
Schauplatz der Antike den führenden Meistern einer
Darstellung würdig, und deren Linien, Farben und
Formen zwangen sie auch einem gelegentlichen Heimat-
vorwurf arglos auf, was man bei Koch, Rottmann,
Preller deutlich verfolgen kann. Sie liefen anscheinend
mit Scheuklappen durch ihre Heimat und im Geschwind-
schritt, und wüsste man von Preller nicht zuverlässig,
dass er in Weimar gelebt hätte, so könnte man meinen,
dass ihm die liebliche Anmut Thüringens niemals bekannt geworden wäre. — Erst den Romantikern, den
Malern mit dem verschnittenen Malvermögen aber
genialen Pfadfindern auf der Suche nach dem künstlerischen Rassengenie gingen die Augen für die landschaftliche Schönheit unseres Vaterlandes auf; sie
erkannten auch die natürliche Forderung der nationalen
Aesthetik, dass ein geistig oder seelisch erfassbarer genius
loci in einer Landschaft enthalten sein müsse, um dem
Deutschen bei seiner Sinn- und Gemütstiefe diese verständlich und interessant zu machen. Das war eine
weittragende Entdeckung; sie wird in ihrer raschen
Ausbildung damit verständlich, dass alle diese Künstler
wie Blechen, Lessing, Schirmer, L. Richter, Schwind,

Christus und der Versucher.

(Aus dem Thoma-Werk, Verlag von Franz Hanfstaengl in München.)

5*

Spitzweg keine Fachlandschafter und daher unbefangener
den Grundproblemen gegenüber waren, als biedere und
ehrenfeste Zunft dies leider gemeinhin ist. Diese Entdeckung ist wieder verloren gegangen, weil die Romantiker in ihrem Mangel an Farbensinn über eine Beengung
des Ausdrucks und ein Anklammern an einen litterarischen Kern der Auffassung nicht hinauskamen. — Die
zunehmende Wirklichkeitsfreude und eine wachsende
Ständescheidung der Malerei nach Gebieten haben seit
den 60er Jahren eine dritte Auffassung gezeitigt.
Andreas Achenbach und Schleich im besseren wenn
auch beschränkten Sinne, — Ed. Hildebrandt und
Oswald Achenbach im schlechten einer armseligen Aus-
landsucht haben eine Wirklichkeitsdarstellung mit dem
Gewicht auf virtuose Meisterschaft im Handwerk ge-
pflegt. Unter ihren Händen wird die Landschaft ein
blosses Schaustück, das denn auch folgerichtig durch
die Entwickelung des farbigen Lichtbildes verdrängt
ist. — Seitdem hat die in Blüte gekommene Natur-
wissenschaft mit ihren Entdeckungen in der Chemie,
Optik, Mechanik eine ganz neue Landschaftsdarstellung
hervorgerufen, der Licht, Luft, mikrokosmische Betrachtung der freien Natur die Hauptsache waren.
Für Schärfung und Erziehung des Künstlerauges sehr
wichtig, konnte sie bei ihrem völligen Mangel an
künstlerischer Innerlichkeit nicht mehr als ein Ueber-
gang sein; sie ist denn auch in schnellem Entschwinden;
erkennbar dagegen wird, wie Böcklins Anregungen zu
wirken beginnen und bei den Worpswedern z. B.
schon Früchte tragen.

Als in Deutschland noch die romantische Landschaftsmalerei herrschte, malte Hans Thoma bereits
als ein Vorfahre der Modernen Bilder, die gestern und
ehegestern geschaffen sein könnten, — so getränkt
waren sie mit neueren Erkenntnissen und Anschauungen.
Als die Wirklichkeitslandschafter die Führung über-
nahmen, hatte er diese beschränkte Auffassung von der
Natur bereits überwunden und eine Durchgeistigung
gewonnen, die immer bewusster auf eine mystisch-
romantische Naturempfindung zusteuert, wie sie einem
Mann von tiefem Gemüt und ebenso vertiefter Bildung
in Deutschland von jeher eigen war. Im Böcklinband
ist darauf schon eingehender hingewiesen. — Mit dieser
Art hat Thoma bisher nahezu allein gestanden in neuerer
Kunst. Nach Licht, Luft, Farbenschwingungen und
den optischen Beobachtungen, die heute jedem Land-
schaftsmaler zuerst am Herzen liegen, hat er nicht
sonderlich gefragt. Was er davon im Ganzen oder
gelegentlich einmal aufnahm, ist kaum der Rede wert.
Es hat ihn auch naturgemäss nicht gereizt, eindrucks-
mässig die Natur als Sehtäuschung wiederzugeben oder
alles das Besondere aufzusuchen, welches für ein dem
Mechanischen zugewandtes Temperament so viel des
Verführerischen hat, wie z. B. Schneefelder, Nebel-
hüllen, Thau- und Regenwetter, prunkende Sonnen-Auf-
und Niedergänge, Gewitter, spielende Lichter im Wald,
Herbstfarben,Sumpflicht,Hochgebirge,Wasserspiegelung
und Wasserdunst. Alles dies hat er nahezu niemals
gemalt. Er ist vielmehr ein Schönheitsapostel, wenn
man dies nicht in antik-klassischem, sondern in deut-

schem Sinne für das Heitere, Helle, Sonnige oder auch
Abenddämmernde und Nachtpoetische, für das Idyllische,
Geschlossene, Eigenartige und Bedeutungsvolle im Kleinen nehmen will. Nicht immer sind es die anmutigen
Ausblicke und Orte, die ihm Griffel und Pinsel in die
Hand drücken, wohl aber stets stille Plätze voll Heim-
lichkeit, Abgeschiedenheit und einer Phantasie anregenden Art. — Stets tritt er wie ein leidenschaftlicher
Fusswanderer alten Schlages mit Ränzel und Stab in
die Natur hinaus; eine bewundernswerte Empfängnis-
frische lässt ihn bald ein grosses Ackerfeld am Dorf
oder einen einsamen Winkel betrachten; der Ort beginnt vernehmbar zu ihm zu reden; er erlauscht die
Pulsschläge und Atemzüge der Erde; auf sein Gemüt
wirkt das Geheimnis, das die Natur für einen tief an-
gelegten und vom Leben noch nicht verflachten und
verdorbenen Menschen stets hat; er sucht in seiner
schlichten Weise dafür nach Formeln, wie Poesie und
Musik sie wohl geben, und dann geht ein helles Läuten
durch seine Seele. Wie er es ausdrückt, ist ihm gleich
und macht ihm keine Sorge; er denkt nur an den
Klang; er nimmt, wie ihm das Mittel in der Hand
liegt, und formt ihn. Wie es ihm aus dem tiefen Gemüt kommt, geht es als ein Eigenes und Urdeutsches
in unversieglicher Jugend auch stets in das Gemüt des
Beschauers, so harmlos der Fleck sein mag. Und das
ist eben die grosse Seite in der Landschaftskunst des
Frankfurter Malerpoeten, die mit ihren wenigen Noten
und der häufigen Einfalt altertümlicher Weisen weit
aus der zeitgenössischen Naturdarstellung herausragt;

verkörpert sie doch greifbar eine reindeutsche Land-
schaftsauffassung, wie sie seit den Romantikern vergessen worden ist und nur in Böcklin unter fremder
Maske sonst noch lebt.

Es ist auch sonst viel Eigenes mit ihr. Gerade in
ihr kommt das Musikalische und Weltferne von Thoma's
Naturell besonders fein zum Ausdruck; sie macht auch
der Zahl nach sein Hauptwerk aus; ja, seine ganze
Kunst ist im Grunde ebenso sehr, als sie romantische
Volkskunst ist, eigentlich Landschaftskunst. Man kann
die Landschaft nur schwer bei ihm als Gebiet heraus-
schälen und nur mit einem gewissen Zwang in Rück-
sicht auf Erleichterung des Ueberblicks. Fast alle seine
Meisterwerke sind zugleich Landschaftsmeisterwerke;
kaum eine einzelne Figur, kaum eines seiner Bildnisse
ist ohne einen Ausblick in die freie Natur; er kann
sich scheinbar Bedeutendes nur in der freien Luft und
nur als eine symbolisch-allegorische Verkörperung der
Landschaft vorstellen. Eine unverhohlene Abneigung
gegen umschlossene Räume erfüllt ihn so sehr, dass
man wohl oft traulichen Anblicken von Dorfhäusern
begegnet, jedoch kaum ein halbes Dutzend Mal unter
einigen Hunderten von Werken in ein Zimmer geführt
wird. Mit Haidegeruch, dem Duft der Ackerkrume
und sonniger Stille des Feldes ist Alles getränkt, was
er schuf. Erstreckt sich diese Sprödigkeit seines Wesens gegen eine räumliche Umschlossenheit doch sogar
auf den Wald, denn nur ganz ausnahmsweise hat er das
Waldinnere geschildert; er benutzt nur dessen Schatten
am Rand gern, wie rastende Wanderer pflegen. —

In der mittleren Zeit von 1870 bis 1890 etwa mit dem
Gleichgewicht von Wirklichkeitsfreude und mystisch-

Bildnis eines jungen Mädchens.

poetischem Geist ist in der Art manch' ein kostbar ge-
maltes Stück in sattem, saftigem, in Lasuren schwim-

mendem Farbenglanz voll Krautgeruch und Licht-
gefunkel entstanden, das Wärme ausströmte. Eine
ganze Reihe von Werken gehören ihr an, von denen
neuerdings aus Nachlässen Einiges wieder an die
Oeffentlichkeit kam und Anderes noch in Frankfurter
Privatbesitz sich hauptsächlich befindet. Seit Mitte der
80er Jahre betont Thoma mehr das Liniengerippe, die
lichten Farbenflächen so zart als bestimmt und wird
ein Meister in grossen Weiten und Fernsichten, ohne
dass er eigentlich Raum bildet. Er geht immer auf
den bestimmten, beinahe nie auf den verwischten Ausdruck; er scheidet die Grenzen von Wasser, Luft und
Erde genau, malt ausgezeichnete Wolken in licht-
armem Blau, doch auch bedeckten Himmel mit Meisterschaft. Er trifft den Wiesen- und Ackerduft, den
Hauch über einem Getreidefeld in der Sonnenglut, die
Wasserfrische mit seinen einfachen Tönen oft sehr gut;
das Wehen des Windes, das äussere Leben in der
Natur, den Quellenschaum ausgenommen, darzustellen
vermeidet er. Der Laut oder Seufzer der Rast, des
Wohlseins, des Glücks oder der Sehnsucht ruht immer
wie gebannt über diesen stillen Bildern.

Mitunter wird er freilich auch von erschütternder
Grösse in einem Werk und erweckt erhabene Vorstellungen von der Fruchtbarkeit und dem Schöpfungs-
drang der Erde, wenn er z. B. in einem mit Tempera,
Wasserfarben, Steindruck-Kreide oft wiederholten Vorwurf einen »Sämann« über eine eintönige Ackerkrume unter bedecktem Himmel schwer und feierlich
schreiten lässt, als erhebe ihn eine Art von priester-

lichem Thun. Häufiger freilich kommen die Idyllen
einer zarten Naturlyrik vor: Frühlingsbilder mit blu-
migen Matten, Schafen, Ziegen, Flöte spielenden und
lauschenden Kindern unter knospenden Bäumen, mit
reizvollen Ausblicken auf den wald- und wiesenum-
kränzten Main, — Herbstbilder, wo dieselbe kleine Ge-
sellschaft sich in gleicher Weise unterhält, während
Erdäpfel am Feuer daneben rösten, dessen Rauch in
die silbrige Nebelluft steigt, und die Alten in der Nähe
Kartoffeln graben. — Oder Sommerbilder, auf denen
die Mainwiese mit ihrem reichen Blumenflor, die Kronen
der Pappeln, Erlen und Eschen, welche Thoma am
liebsten von allen Baumarten malt, funkeln und glitzern,
während am Ufer drüben Mädchen sich im Ringelreihn
drehn und Knaben im Vordergrund sich mit einem zur
Schwemme geführten Gaul vergnügen. Eine der Fassungen dieses Vorwurfs haftet mir mit dem Adel und
der Glut ihrer seltenen Farben über ein Jahrzehnt hinweg unverblasst im Gedächtnis; da schien die ganze
Natur in wunderseliger Ergriffenheit um diese arglos-
heitere Jugend zu kreisen. — Auf einem anderen Bild
schiebt sich ein Bauerngärtchen mit seinem Zaun vier-
eckig in den Dorfanger hinein, dessen Häuser trotz der
vorgeschrittenen Dämmerung noch sichtbar sind. Abend-
müde steht ein Bauernpaar mit seinen Kindern zwischen
den Beeten, — als ein artikulirter Laut gewissermassen für die der Nachtruhe zusinkende Natur. —
Das sind ein paar Bilder dieser Art, deren schönste
und bekannteste auch nur anzuführen, ermüden würde.
Sie sind alle auf einen tiefen und sehnsüchtigen Laut

gestimmt, dem die eng mit dem Boden zusammenhängende Menschenwelt nur die bestimmtere Färbung giebt. Öfter hat Thoma eine höchst ansprechende Art des Ausblicks für landschaftliche Werke gewählt und deutlich darin verraten, wie er als Wanderer in Taunus und Schwarzwald in sonnige Fernen hinauszuträumen liebt. Da sitzt oder liegt Irgendwer meist auf einem Hügel unter einem — unsichtbaren — Baum, von dem oben ein paar Zweige mitunter in das Bild hineinhängen und damit die Vorstellung von friedlicher Ausschau aus dem Waldschatten heraus erwecken. Auf einem dieser ungemein liebenswürdigen Bilder: »In einem kühlen Grunde« (1890) liegt so ein städtisch gekleideter Wanderer neben seinem Strohhut und dem schlafenden Hündchen auf einem Bergvorsprung und träumt hinaus in die Sonnenglorie der Welt. Ein paar Dächer sieht man im Wiesenthal drunten, einen Bach, einen Pfad mit zwei winzigen Gestalten, die dem Flecken im Hintergrund zuschreiten. Eine Waldhöhe schliesst hinten ab, ohne den Blick in das Berggelände darüber hinaus zu beengen, und sommerlich blauer Himmel mit weissen Wolkenballen hängt sonnig über diesem zarten Gedicht. — In ähnlicher Weise schaut man auf einer anderen Tafel vom Waldrand aus über Getreidefelder in eine weite Hügellandschaft mit einer pappelgesäumten Landstrasse, Wiesen, Wäldern, Kuppen, Dörfern hinein. — Auf einem neueren mehrfarbigen Steindruck sitzt eine Bäuerin neben ihrem Kind am Bergwald und guckt versonnen zum freundlichen Thal-

dorf mit seinen roten Dächern, Baumgruppen, Bächen
und Wiesen hinab. — Auf der »Taunuslandschaft«
(1881) eröffnet sich über den Acker im Vordergrund
hinweg, auf dem ein vom Hunde begleiteter Knecht
den müden Gaul eben heimreitet, ein weiter Ausblick
auf bunt gemusterte Getreidefelder, ein Wäldchen im
Grund, eine Landstrasse und die im lockenden Blau
sich verlierende Ferne. — Auf dem schönen Bild im
Städelschen Institut mit seiner weichen aber kühlen
Malerei schauen Weiber und Kinder von der Berglehne
schwatzend und spielend in eine bergige Landschaft
mit See, Busch, Auen, Dorf hinaus, in deren tiefer
gelegenen Grund Pärchen auf schmalem Wege hinein-
wandeln. Sehr oft ist es ein Bach, ein Pfad, eine
Landstrasse, die geradenwegs in das Bild hineinführen
und den Zug in die Ferne hinein tragen. — Auch
als Blick aus einem geöffneten Fenster mit Blumen-
sträussen in Gläsern und einem geöffneten Buch auf
dem Brett ist der Vorwurf behandelt, wobei der sauber
gepflegte Park davor und das Landhaus weiterhin in
dem besten Geschmack für lyrische Anmut gehalten
sind. —

Neben diesen bedeutungsvollen Landschaften kommen unendlich oft einfachere Naturausschnitte vor.
Abgelegene Flecken von anspruchslosem und doch
eigenem Reiz sind es meist, seltener Kunstgebilde der
Natur und von Menschenhand. Weniger das Sichtbare
lockt ihn in diesen Abgeschiedenheiten augenscheinlich
an als das kaum Wahrnehmbare verborgenen Lebens.
Nie sind es die aufgetakelten Schaustücke, stets intime

Zauber, die der Unkundige übersieht. Sein Gemüt ist
hier auffällig einer Aeolsharfe gleich, denn der leiseste
Hauch von Bewegung und Leben in der Stille irgendwo
bringt seine Saiten zum Erklingen und weckt die
Künstlerschaft. Hier sieht man bei ihm Stromschnellen
mit gekräuselten Schäumen am Fuss einer Reihe alter
Häuser vorübereilen, — dort ist eine sonnige Fluss-
landschaft mit blinkendem Wasserspiegel, an dessen
Ufer eine überraschte Badende eiligst vor einem aus
dem Gehölz kommenden Faun flüchtet, — dann steht
ein Angler, den eilenden Strom kräftig überschneidend,
am Ufer in regnerischer Berglandschaft. Einsame Berg-
halden mit Waldflecken, schäumenden Wildbächen,
auch wohl mit Kühen und plaudernden Burschen be-
lebt, — gurgelnde Wiesenbäche unter verschwiegenem
Grün oder bei Nacht, — der Main mit anmutig
wechselnden Ufergeländen, — Quellfäden zwischen
Felsstücken, und Matten auf sonniger Höhe unter
regungslos im Azur hängenden Wolkenballen, — Ausblicke auf entzückend im dichten Grün gelegene Berg-
flecken oder Wassermühlen, — Blumenauen am Waldrand sind die Vorwürfe für köstliche Gedichte voll
Schmelz und Duft, die in neuerer Zeit nur manchmal
wie der nackte »Angler am Waldbach« derber und
würziger gemalt sind; ein stilles Läuten, Summen,
Duften, Schweigen, Träumen ist über und in ihnen, so
dass man oft kaum begreift, wie so wunderseliger
Zauber mit diesen einfachen Mitteln erreichbar war.
Ein feines Leben regt sich unendlich reich überall
und bricht nur hier und da einmal zu grossen Stim-

mungen und wuchtvollen Allegorieen, wie sie eingangs
erwähnt sind, durch. — — —

\*      \*

Die Landschaft ist für Thoma der eigentliche Urlaut und die erste Offenbarung; der Mensch hingegen
ist ihm in der Vollendung selbst nicht mehr als eine
Stimmgabel, welche die Tonart nur eben unzweifel-
haft klar wiedergiebt. Er hat eine ganz merkwürdige
Auffassung vom höchsten Geschöpf, wie sie kein Anderer bei uns hat. Der Mensch hängt bei ihm mit
seinem Boden noch so zusammen, dass dessen Atemzüge und Pulsschläge die seinen, dessen Schweigen
sein Schweigen ist. Er haftet schwer an der Erde, aus
der er in neuer Schöpfung eben anscheinend geformt
ward; spärlich und mühselig gleiten Bilder der Phantasie über seine Gehirnrinde; dumpfe Empfindungen
beherrschen ihn; ungeteilt und unverfeinert sinniert er
in müder Traumseligkeit vor sich hin, als finde er sich
noch gar nicht recht in seine Rolle als Erdengeschöpf
und wisse er noch nichts vom Belieben des Willens
und vom freien Spiel der Sinne.

Nur ein kleiner Kreis unter Thoma's Werken, wie
die Bildnisse und die religiösen Vorwürfe, vertritt eine
um wenig höhere Stufe des Daseinsbewusstseins, aber
der Grundton verwischt sich auch hier nicht. Er ist
in seiner Einheitlichkeit von Natur und Mensch noch
ganz unverändert in den nicht zahlreichen und fast
insgesamt der mittleren Schaffenszeit angehörigen *Sitten-
stücken und Wirklichkeitsschilderungen.* — Sind das

merkwürdige Menschen in ihrer nervenlosen Ruhe,
Einfalt und Einfachheit, — in ihrer schweigsamen Be-
dachtsamkeit und fast ungefügen Empfindung mitunter!

Der Künstler und seine Gattin.

Sie hängen völlig von der Tages- und Jahreszeit und
den Naturgesetzen ab; sie tanzen nur im Frühling,
arbeiten nur bei Tage, werden müde mit der Dunkel-
heit; sie lachen und weinen niemals und gebrauchen
die Sprache in kurzem, sprödem Lallen nur, wo die

Pantomime nicht ausreicht; sie haben die wunderliche Weltscheu von Menschen aus der verschollenen Postkutschenzeit, denen jeder Schritt über die'Bannmeile der Heimat hinaus ein kühnes Vorwagen und eine Eroberungsthat bedeutet. Es sind so weltfremde, eigene, biblisch-einfache Geschöpfe in diesen Bildern, dass man nach ihrem Eindruck den fröhlichen kleinen Herrn aus Frankfurt für einen Quäker oder Puritaner strengster Färbung halten könnte, wüsste man nicht, wie fremd ihm jede Sektirerei ist. — Aber nicht nur die mächtige Natur in ihrer Heiligkeit, Tiefe und Ursprünglichkeit der Auffassung, welche bei ruhiger Versenkung uns Epigonen so recht die Verzerrtheit unseres eigenen, von Lokalveranden, Eisenbahnwagenfenstern und Zweirad aus verflachten Naturverhältnisses nahelegt, ist das Packende in diesen grossen Dingen; auch die Machweise dieser stillen Bilder mit den einfachen Lokalfarben ist meist ganz erstaunlich in ihrer goldigen Ausdrucksfülle. Kann man handwerklich doch sehr viele dieser Bilder getrost neben die von Leibl, Defregger, Lenbach, Böcklin halten, ohne dass sie im Geringsten verlieren. In einigen Dutzend Meisterwerken dieser Art offenbart sich eine begnadete Künstlerseele von fürstlichem Geblüt, die heute in dieser Richtung viel zu wenig und viel zu sehr in ihren Absonderlichkeiten betrachtet wird.

Nur ein sehr bedeutender Künstler konnte einen so harmlosen Vorwurf wie den »Hühnerhof« (1870) zu einem so tief-ruhigen und naturmächtigen Kunstwerk gestalten als es geworden ist. Man beachte in

den schweren, trüben und stumpfen Tönen dieses
Raunen, — dieses Zusammengehen des blühenden
Flieders am Zaun mit den lastenden Schatten, mit dem
bunten Kleid der sitzenden Magd und dem prächtig
gemalten Hühnervolk im bäuerlichen Garten. Breit,
umständlich, auf grossem Raum ist geschildert, was
ein Kleinmaler auf einer zwei Hände breiten Tafel
zum Entzücken aller Liebhaber gemalt hätte; kein
virtuoses Kunststück besticht; keine Verschlagenheit
von Zeichnung und Farbe kitzelt die Nerven; es
ist nur grosse ruhige Natur mit einer unendlichen
Andacht betrachtet. Aber um dessenwillen wird man
diese ernste Kunst in Galerieen einst allen Klein-
malereien vorziehen. — Noch reiner und dabei durch
tiefere Stimmung ausgezeichnet scheint mir das Meisterwerk der »Frühlingsidylle« (1871) in der Dresdener
Gallerie zu sein. Nur ein Geschwisterpaar in ihren
Kattunkleidchen von ländlichen Farben hockt hier auf
der Wiese unter lichtlosem Himmel; die brünette
Ältere kränzt das schweigend an sie gelehnte blonde
Schwesterchen mit Wiesenblumen; still und versonnen
blicken sie vor sich hin, — in das gleiche Räthsel-
schweigen und Träumen versenkt, das als dämmernde
Lenzahnung durch dieses Stückchen Wiese geheimnisvoll zieht. Es ist eine Daseinsmalerei ohne Handlung,
ohne lehrhafte oder einbildungsmässige Absicht, ohne
Betonung irgend einer Idee geistigen Schlages. Es ist
nur ein Stück unmittelbarer Natur, wie ausser Thoma
sie nur Böcklin noch geschaffen hat, — nur dass beim
Schwarzwälder Alles keusch, milde und zart heraus-

kam, während beim Schweizer immer das jähe Temperament durchbricht. So ist diese Daseinsmalerei schliesslich absichtslos eine reine Naturallegorie auf den Lenz geworden, die an Höhe der Kunst ihres Gleichen sucht. Diese heute noch ungemünzte Bedeutung solcher frühen Thomawerke erklärt es auch, warum Böcklin in den Jahren, da sie entstanden, so oft in die Münchener Werkstatt unseres Meisters kam und so lange immer schweigsam diese Schöpfungen betrachtete. In diesen gleichen Jahren vollzieht sich beim Schweizer eine Umbildung zu stärkerer Natur hin; er spürte das Mächtige und Verwandte hier; mir scheint nach Kenntnis dieser Thatsache und ihrer Daten, als ob Thoma sehr an Böcklins Stilbildung dieser und späterer Zeit beteiligt sei. Nicht als ob der Schweizer den Schwarzwälder nachgeahmt und ihm etwas abgeguckt hätte. Er ist zu eigen und zu mächtig dazu bereits in jenen Jahren. Aber die Natur bei Thoma hat ihn innerlich gestärkt und ermutigt, den Weg ins Unbekannte hinein weiterzugehen. Sonst war ja Keiner damals vorhanden, nachdem Viktor Müller tot war, der Derartiges machen konnte. Und wer kann es heute etwa? — Man sehe daraufhin einmal die ganz anders als die »Frühlingsidylle« gearteten »raufenden Buben« (1872) an, — 5 Jungen, die auf der Dorfstrasse mit einander balgen! Der Aufbau im Viereck, die altmeisterliche Malerei in dämmerigen, dünnen Tönen des Halbdunkels, die Bewegung, die ins Bräunliche übersetzte Gesichtsfarbe verraten in jedem Zuge die sichere Meisterhand. — Wieder eine tiefgestimmte Natur-

allegorie, in der diesmal nur die Bewegung gesteigert
ist, entstand im vielumstrittenen »Kinderreigen« (1884).
Auch unter einem sonnenlosen blauen Himmel über
der Frühlingslandschaft mit dürren Bäumen voll bersten-
der Knospen und grüngelben Ackerstreifen dahinter
sind Landkinder dargestellt. Unschöne Züge und häss-
liche Kleider von verblichenen Farben lösen sich aus
diesem Ringelreihen, aber die Unschuld beim kind-
lichen Spiel und in den traumhaften Augen lässt die
Hässlichkeit verschwinden, wie sie aus den dürren Formen der Geschöpfe und der Landschaft vor der Andacht der Künstlerseele floh; da ist ein Laut vernehmbar, der nichts von antiker Schönheitsseligkeit weiss,
sondern gemüthsästhetisch ist; er hat etwas, um es
deutlicher zu machen, von der Kraft und Reinheit des
ursprünglichen Christentums mit seinen warmen und
schönen Seelen in hässlichen Sklavenleibern. In diesem
Bekenntnis trifft Thoma mit Uhde scharf zusammen,
so wenig Berührung sie sonst haben; er ist ein unge-
brochener Naturmensch, den antike Formensorgen nie
behelligt haben. — Gleich den »raufenden Buben« auf
eine andere Tonart ursprünglicher Wirklichkeitsfreude
gestimmt und wie diese von einer meisterlichen Mache
ist auch der »Gemüsestand« (1889) eines der wenigen eigentlichen Sittenstücke, bei denen freilich das
ruhige Dasein stark vorwiegt. In der Hausecke einer
landstädtischen Strasse erblickt man einen bunten Kram
von Gemüse aller Art und geschlachtetem Federvieh
ausgestellt, eine Magd in braunem gemustertem Kattun-
kleid unschlüssig daneben, die in stumpfes Blau ge

kleidete Händlerin im Sitzen ihre Waare anpreisend
vor ihr, im Halbdunkel des Hintergrundes den war-
tenden hemdsärmeligen Krämer selbst. Die stumpfen
Lokalfarben sind mit ausgezeichnetem Geschmack zu-
sammengebracht; gross gleich dem Umfang der Tafel
alle Linien, alle Töne, alles Einzelne in deutlicher und
vollendeter Ausführung; eine geschlossene, die Gestalten
in traumhaftem Bann zusammenhaltende Auffassung folgestreng durchgeführt; kein verschlagener Zug, der mit
Erinnerungen an die herkömmlichen Höker, Hökerinnen
und Dienstmädchen, wie man sie tausendfach im Bilde
sieht, Netze nach dem Beschauer wirft oder um seine
Gunst buhlt und ihn mit Malmitteln ködert, für die
das Publikum durch Jahrhunderte der Kunst erfahrungsge-
mäss empfänglich ist. Die Arglosigkeit selbst weht mächtig aus dem Bild und diesen unvergesslichen Bildnissen
an sich höchst gleichgültiger Menschen heraus; man
schaut hinein und stutzt; eine zögernde Unschlüssigkeit
bindet nicht nur diese schweren Sinne für einen Augenblick aneinander, — auch zwischen diesen Körpern findet
in dieser gebannten Stellung ein magnetischer Aus-
tausch statt, wie ihn feinnervige Menschen auf Grund
heute noch unbekannter Naturgesetze fühlen. Da ist
in dieser meisterhaften, das Intime aber nicht betonen-
den Malerei ein stiledler Rapport des Unaussprechbaren erzielt, — derselbe, durch den Thoma immer
in Beziehung draussen mit der kulturlosen Erscheinungswelt tritt, wie wir sahen. Auffällig ist dabei auch, wie
sicher der Künstler hier wie dort immer das deutsche
Wesen trifft, ohne geschichtliche Formeln dafür zu

Bildnis der Frau A. Spier.

verwenden; man kann bei ihm nie in Zweifel sein,
dass diese Menschen in Süddeutschland gewachsen sind.
Daneben sind noch andere kleinere Werke' entstanden. Einige wie der »Sonntag in der Dach-
stube« mit den beiden Alten, von denen der weiss-
bärtige Mann am Tisch sitzt und aus der Bibel vor-
liest, während die Frau über ihrem Strickzeug einnickt,
sind mit dem funkelnden Licht im Zimmer und dem
Ausblick durch die blumenbesetzten Fenster auf die
Dächer der anderen Strassenseite Beweise, wie scharf
trotz aller Stimmungsfreude Thoma Licht und Luft
lange vor den Hellmalern beobachtet hat, wenn ihm
daran lag, und wie wenig Genügen sein innerer Klang
an diesen Dingen fand. Andere wie der früher genannte »Violinspieler« und dessen Wiederholung in
einem jungen Handwerker, der vom Notenblatt auf
seinem Knie eine Melodie abspielt, während es zu
dämmern beginnt, und dabei auf die neben ihm vorbei-
schleichende Katze nicht achtet, sind Selbstoffenbarungen
der inneren Künstlerneigungen. In seiner »Alten mit
dem Kind«, die über dem schlafenden Enkelchen ein-
genickt ist, müde wie die in Abendlohe einlullende
freie Natur ringsherum, sind wieder in ihrer ungefügen
und manchmal vorwelthaften Grösse der Auffassung
trotz ihrer feingestuften Tonmalerei Allegorieen sichtbar,
von denen das Künstlerherz in seiner kraftvollen Andacht und dem Empfindungsreichtum so viel des
Packenden geschaffen hat. — — —

\*

Kein antiker Heide hat unbefangener vor der Natur
gestanden, sich argloser seelisch mit ihr vermählt und
in naivem Sichgehenlassen keine qualvolle Forderung
wider die Triebe gekannt als Thoma. Und doch hat
er weder aesthetisch noch moralisch die geringste Beziehung zur Antike, die ihm in Folge seiner Schicksale stets eine fremde Welt blieb. Seine Natürlichkeit
ist dazu viel zu stark von christlicher Ethik durch-
tränkt; er ist bei einer sehr grossen Empfänglichkeit
für die sinnliche Erscheinung der Welt doch von einer
keuschen Gemütsinnigkeit, weil sein glückliches Temperament dies gar nicht anders kennt. Seine Unbefangenheit hat eine ganz andere Ursache als die für den antiken Pulsschlag war und steht einer längst in dunklen
Jahrhunderten versunkenen asketischen Mönchsmystik
mit ihrem Lauschen in sich selbst hinein näher als der
arglosen Genusslust von Hellas und Rom.

Und das ist auch der Grund, warum Thoma's
*antikesirende* Schöpfungen nur ein Zwischenspiel von
mehr persönlichem als künstlerischem Interesse bilden.
Er hat die Antike erst spät kennen gelernt und ist nie
in ihr heimisch geworden; er hat für ihre ihm innerlich
fremde Welt kaum einen anderen Reiz zur Darstellung
verspürt als den Ehrgeiz.

Vielleicht dass gerade auch hier Erinnerungen an
die Tage bei Marées lebendig wurden und ihn lockten,
einmal Maske und Hülle seines Kunstverwandten um
die eigenen Gestaltenkreise zu legen. Trotzdem wird
man seine» Bogenschützen«, — nackte Jünglinge auf
gründämmernder Haide nach Kranichen schiessend,

indessen — auf der Fassung von 1890 — ein Genosse
hinten auf ungesatteltem Ross sitzt, ebenso mit Freude betrachten können als das »Kentaurenspiel« mit seinen
wunderschönen Linien. Ein nackter Jüngling wird hier
eben vom Rücken einer ausschlagenden jungen Kentaurin
abgeschüttelt, nachdem sein Genosse beim stürmischen
Werben um die Gunst der Spröden anscheinend bereits
einen Hufschlag erhielt und unter seiner Wucht hinfällt.
Eine »Luna und Endymion«, ein »Charon«, der
Wettkampf zwischen Apollo und Marsyas (1886)
sind andere Werke; im letzteren steht der Künstler
ersichtlich mit feinem Spott über dem Gegenstand
trotz einer tiefklingenden Abendstimmung, denn drollig
sind nicht nur der flötende Marsyas, sondern auch sein
lauschender Widerpart und die drei Holden aufgefasst,
die im Hintergrund als anfechtbare Grazien oder zu-
ständige Musen würdevoll des Richteramts walten. — —
Dann aber bietet sich im Weiterschreiten einige
Ueberraschung. Wir gedachten der christlichen Färbung
in Thoma's Blick für Landschaft und Geschöpf, der
sittenstrengen Keuschheit und Gemütstiefe, der Demut
bei aller Grösse und Unmittelbarkeit des Naturhauchs.
Man meint, dass dieses auch ohne Pfarrer und Beichtstuhl
tiefreligiöse Naturell, das später in seiner Romantik
sogar der mystischen Weihen der Gralsritterschaft
teilhaftig wird, in Bildungen der *biblischen Legende*
Höchstes geschaffen haben müsse. Und doch wird
man getäuscht. Denn er ist auf diesem Gebiet trotz
manches lieblichen Werks von auffälliger Beengtheit,
um nicht Befangenheit zu sagen. Die Erklärung dafür

liegt nicht weit. Einmal fehlt ihm der Sinn für
Handlung, für schmerzhaftes Leiden und dramatische
Erregtheit, da seine Harfe nur auf stillen Daseinsfrieden
gestimmt ist, und dann kommt hier ein Heimaterbe
zum Vorschein. Er ist das erste in die Welt hinein
vom Stamm abgesplitterte Glied uralter Geschlechter
in der Bernauer Thaleinsamkeit. Die schlichte leiden-
schaftgedämpfte Natürlichkeit des dortigen Schlages,
dem Bibel- und Gesangbuch in jede Faser seit un-
denklicher Zeit gedrungen sind, lebt noch in seinem
Gehirn mit zwiespaltloser Gläubigkeit. Davon hat sein
Empfinden diesen Einklang und diese religiöse Färbung,
— davon hat sich aber auch um seine Vorstellung von
der biblischen Wunderwelt ein enger Kreis gezogen,
der durch seine eigentümliche Art noch mehr auf
wenige grosse Vorwürfe beschränkt wird. Er hat nie
gezweifelt und gerungen mit seiner Gläubigkeit; sie
ist ihm ein natürlicher Bestand seines Gemütslebens;
ihm ist der Reichtum der Bilder desshalb versagt, den
nur Lehre und Gegenlehre quälenden Zweifels und
Kritik erzeugen.

Wie köstlich ist ihm in diesem kleinen Rahmen
aber fast Alles gelungen, das in seiner Unschuld, Einfalt und Daseinsruhe dem Künstlerwesen günstig liegt.
Seine verschiedenen »Engelsgruppen« beispielsweise.
Reizende Kinder mit unbeholfenen Bewegungen spielen
und sitzen in ihnen auf Wiesen, hocken wohl auch auf
einem aus Blumen gewundenen Nest, rasten aber paus-
bäckig und vergnügt bald übermütig bald schalkhaft
auf weissen Wolken haufenweise besonders gern;

sie essen Trauben und Früchte, schauen ins Land
hinunter oder blasen in drolligem Ernst auf Kinder-
trompeten. Leicht, zierlich, dünn in Strich und Farbe
auf Tempera- und Wasserfarbengemälden, in Steindruck und Zeichnung hingesetzt kommen sie nicht nur
oft im Thoma-Werk vor, sind vielmehr auch ein
reizender Bestand derselben. — Dann ist das »Para-
dies« mit Adam und Eva einer seiner Lieblingsvor-
würfe, der in jeder seiner Macharten und Stilwandlungen
vorkommt. Jugendlich-herb und schlank wandelt das
erste Menschenpaar meist auf blumiger Wiese am
Bach oder Hainrand zwischen ruhenden Tieren dahin;
Pfauen sitzen auf den mit Früchten behangenen Bäumen,
und das Apfeldrama spielt sich eben ganz nebensächlich
ab. Von der Schlange ist dabei in der Regel nichts
zu sehen, weil diese grosse Kinderseele kein Organ
für das Böse hat und dessen Symbol deshalb lieber
fortlässt. — Ein besonderes Mal ist die Oertlichkeit
mehr auf das Elysium hin abgestimmt und traumhaft
lauscht das Paar hier inmitten gedämpften Frühlings-
glanzes dem Mandolinenspiel eines singenden Jünglings.
— In lichtkühlem flächigem Farbenstil der Neuzeit
lässt eine gedankenvolle Allegorie Adam und Eva
unter dem Apfelbaum erblicken, von dem das Weib
zögernd unter dem Zischen der Schlange eine Frucht
gepflückt hat, während der Mann scheu unter dem Regen
des Gewissens zur Seite blickt. Hinter diesem Vorgang
aber hält der grinsende Tod ein grosses weisses Leichen-
tuch ausgespannt, — ist ihm doch die Menschheit mit
der Vollendung der That sogleich verfallen. — Ein

malerisches Kleinod des gleichen Vorwurfs schliesslich
ist die »Eva« im Städelschen Institut. Mit schönge-
formtem und trefflich durchgebildetem Körper steht sie
als herrliches Weib im Schmuck üppigen Haars unter
dem Apfelbaum und greift unter dem Zureden der
braungeschillerten Schlange auf ihm nach der ver-
botenen Frucht, — was ebenso anmutig als mit würziger Tiefe und Wärme reicher Lokalfarben dargestellt
ist. — Auch die »Flucht nach Aegypten« erscheint
von Zeit zu Zeit in seinem Werk. Am schönsten in
der überaus liebenswürdigen und farbenreichen Fassung
von 1879, die in ihrem Seelenausdruck das lebensvollste
Bild des Künstlers sein dürfte. Der in frischer Kindlich-
keit schlummernde Christusknabe ruht hier im Schooss
der liebreizenden Madonna, welche auf dem von Joseph
geleiteten Eselchen sitzt. Vertrauend blickt die Mutter
zu dem weisend dicht über ihr schwebenden Engel
hinauf, während neben dem Zug blumentragend ein
Anderer mit den Zügen eines lieblichen Mägdleins
schreitet. Sonnenstrahlen ergiessen sich als ein Segens-
zeichen des Himmels hinter dieser menschlich packenden
Gruppe auf die wechselvolle Landschaft herab. — Auf
der Fassung von 1891 sitzen die von einem Tuch ver-
hüllte Maria mit dem Kind und der als Pilger ge-
kleidete Joseph schlafend unter einem Baum, um welchen
sich tiefe Nacht breitet. Eine lichte Wolke ersetzt den
Baumgipfel und vier kleine Engel geigen und blasen
drollig und ernsthaft zugleich auf ihr diese kleine
Familie in tiefen Schlaf. — Ein paar andere Vorwürfe
aus späterer Zeit verherrlichen den Heiland als Lehrer.

So »Christus und Nikodemus« mit prächtigen deutschen Männerköpfen; dann »Christus und der Versucher«, — eine düstere Nachtstimmung, in der der Heiland in tiefblauem Gewand als Büsser auf einer Bergspitze ruht und tiefäugig auf den Versucher schaut; als ein halbnackter Kerl mit wüstem Verbrechergesicht reicht ihm dieser eben einen Stein mit der Aufforderung, ihn in Brot zu verwandeln. — Anmutig in der Weise der erstgenannten »Flucht nach Aegypten« spricht auch das Bild »Christus und die Samariterin« (1881) an. Hier sitzt der blonde Heiland neben der buntgekleideten jungen Frau auf zweigumrankter Mauer, hinter der sich eine lichtgrüne Taunuslandschaft breitet. — Noch eine schöne und grossgedachte »Pietà«, bei der G. Bellini Pathe gestanden hat, sei schliesslich erwähnt. Der meisterhaft gebildete Körper des toten Heilands ist hier willenlos nach hinten gebeugt und zwei ernste grosse Engel halten und betrachten den Dulderkopf, dessen Gloriole die Lichtquelle giebt. — — —

*
*

Trotz so köstlicher Bildungen als bei den antiken Bildern die »Bogenschützen« und das »Kentaurenspiel«, bei den religiösen die »Engelgruppen«, die »Eva«, die »erste Flucht nach Ägypten«, die »Pietà« darstellen und damit zu Thoma's Meisterwerken zählen, kann man diese Gebietskreise nur als künstlerische Zwischenspiele eines vielartigen Schaffens betrachten. Man vermisst die den anderen Schaffensgebieten eigene grossartige Auffassung und die unleugbare Bedeutung inner-

halb neuerer Kunst, zu deren vollständigem Bild sie
unbedingt gehören. Wo man diese anderen Werke

Quellnymphe.

aufnehmen, durchdringen, einen Standpunkt zu ihnen
als Kunstgebildeter finden muss, weil sie eine neue
Tonart in den Chorgesang der Zeit fügen, steht man

den antiken nnd religiösen Bildern mehr mit der Augen
freude eines Beschauers von Belieben des Wohlge
fallens gegenüber; man mag sich an ihnen 'erbauen
oder ihnen den Rücken kehren, ohne als biederer The-
baner belächelt zu werden; sie könnten fehlen, ohne
dass eine Lücke im Thoma-Werk wäre.

Ungunst des Schicksals hat es gewollt, dass noch
ein drittes Gebiet in der Schöpfung unseres Künstlers
heute nur mehr als Zwischenspiel sich ausweist; umso
härter aber scheint das Geschick hier, als Thoma
sich nicht in vereinzelter Laune ihm zuwandte, vielmehr die ganze Art seines Wesens und heisse Wünsche
ihn hierher drängten. Das ist seine *Monumental-
kunst*. Seit Italien ein Lieblingsgedanke des Meisters,
kam sie infolge nur weniger und bedeutungsloser Auf-
gaben nie zur Reife, was sehr bedauerlich ist. Er
würde bei seiner sinnvollen Einfachheit und Gross-
zügigkeit sicher Bedeutendes geschaffen haben, — wir
aber hätten dann statt des einen grossen Monumental-
malers Prell noch einen zweiten von ganz anderer Art
besessen, — was sicher nicht nur unserer Kunst, sondern auch beiden Künstlern im Wettstreit zum Vorteil
gewesen wäre.

Der erste Versuch dieser Art entstand in der Mitte
der 70er Jahre, wie schon erwähnt, in einem Schwein-
furter Weinbergturm. — Der zweite galt 1880 dem
engen Treppenhaus in der Villa Ravenstein zu Frankfurt und hatte Nibelungenbilder zum Gegenstand. Der
halbdunkle Vorflur enthält in 3 Supraporten Lohengrin
mit dem Schwan, Parsifal bei den Blumenmädchen,

die Pilger aus dem »Tannhäuser«. Die Oberwände
des Treppenhauses führen aus dem »Ring des Nibelungen« alsdann das Erschlagen des Drachens, Brünn-
hild in der Waberlohe, die Begegnung mit den 3 Rhein-
töchtern, den Tod am Quell, Kriemhild in der Halle
in grossgedachtem Aufbau aber ziermässiger Entfaltung
vor. Das künstlerisch Beste an dieser Schöpfung ist
ein grauer Fries auf blauem Grund unter diesen Bildern,
der in frischer Erfindung und rechtem kunstgewerblichen Sinn die Nibelungen emsig beim Schmieden der
Kette begriffen schildert.

Später entstand eine grössere Deckenmalerei im
Café Bauer zu Frankfurt. Ursprünglich gehörte dazu
noch an den Wänden ein grösserer Figurenfries mit
einem Bacchantenzug; er ist jetzt jedoch entfernt und
durch antike Vorwürfe der gleichen Art wie im Berliner Café Bauer ersetzt, die der Decke gegenüber recht
nüchtern und leer wirken. Diese enthält in der Mitte
ein Glücksrad mit Sonnenradien und herumgruppiert
einen Menschen, ein Schwein, einen Wolf und einen
Affen in etwas sarkastischer Erfindung. Rechts und
links von dieser Mittelgruppe sind in der Längsaxe
die originell gekennzeichneten vier Winde dargestellt,
und alsdann schwingen sich um diese Mittelbilder in
grosser Ellipse die symbolischen Thierbilder der zwölf
Monate. Diese sind nicht nur selbst in Umriss-
Schnörkelstil ausgeführt, sondern auch mit einander
durch abenteuerliche Schnörkel verbunden, die in ihrer
sicheren Führung und in ihrer anregenden Wirkung
auf die Einbildungskraft nicht hinter denen in Dürers

Randzeichnungen zum Gebetbuch Kaiser Maximilians
zurückstehen. Mehr ziermässig als monumental gedacht, ist diese Schöpfung mit ihrem stumpfen Ton
und ihren kräftigen Gegensätzen ungemein heiter und
originell; sie hätte einen besseren Ort verdient als ein
Kaffeehaus mit seinem stumpfen und überhitzten Publikum.

Im Wirtshaus zum Kaiser Karl an der Frankfurter
Zeil hat Thoma weiterhin Strassenvorgänge mit Hülfe
von Alb. Lang an die Wände gemalt. Das Lokal ist
eingegangen; Abbildungen vom Werk giebt es nicht;
nach den angeblich noch vorhandenen Malereien habe
ich vergeblich gesucht. — Thoma's letzte Wandmalerei
bisher war ein Fries mit Blumen windenden und auf-
hängenden Gestalten im Musiksaal des Professor Prings-
heim in München . . . man sieht, mit einer Ausnahme
lauter Kleinigkeiten und Taster einer niemals zur Reife
gekommenen Begabung. Aber wir haben ja sonst des
Herrlichen genug von dieser Hand und wollen jetzt
von diesem Ausflug in Zwischenspiele des Thoma-
Werks auf dessen schönste Blumengefilde zurück-
kehren. — — —

                    *
          .     *

Noch hängt uns der Laut im Ohr, der mit be-
zauberndem Wohlklang über seine stillen Landschafts-
gedichte glitt und diese so feinen wie kostbaren Dinge
als Beginn einer neuen und tiefdeutschen Landschaftskunst in unseren verworrenen Tagen einläutete. Seltsam in der Erinnerung und gross tauchen uns dann

jene Wirklichkeitsdarstellungen mit ihrem mächtigen
Naturhauch und dem raunenden Geheimnis hinter
wandelnden Traumgestalten auf, deren Farben und
Formen sich nun verwischen und in Vorstellungen von
einer Welt hinübergleiten, in der nichts festen Bestand
hat, sondern Alles kreist und entschwebt, als seien es
Phantasieen, die Harfenakkorde wundersam dem Auge
als Wirklichkeit vorgespiegelt, wie es Klinger einmal
im Brahms-Phantasie-Blatt der Evokation verbildlicht
hat . . . da löst sich langsam eine neue Art und Stufe
in Thoma's Kunst heraus. Dem Umfang nach scheint
sie kaum mehr als ein Zwischenspiel. Aber die Tiefe
der Auffassung, die wuchtige Eigenkraft und der Um-
stand, dass sie fast nur Meisterwerke umfasst, hebt
dieses Gebiet auf eine unantastbare Höhe. Es geht ein
tiefes Behagen und echte künstlerische Freude durch
jede dieser Tafeln; sie rufen ihm scheinbar seine
schönsten Stunden über Dürer, Holbein, Courbet zurück; sie offenbaren nicht nur seelisch sondern auch
geistig eine Durchdringungskraft der Erscheinungswelt
und eine Genialität wie Geschlossenheit in der Gestal-
tungskunst, dass man neben diese wenigen Tafeln nur
die Perlen unter seinen Meisterwerken stellen kann.
Diese innere Stufe trägt seine *Bildniskunst*. Es giebt
kaum ein Dutzend Werke davon bei ihm; nur er selbst,
seine Familie, ein paar nahestehende Personen bilden
den Gegenstand; aber alle Liebe eines Künstlerherzens
zu den Seinen und ein treues Gemüt für die Nahen ist
hier tief gesammelt und kraftvoll angespannt.

Thoma ist gleich seinem Baseler Nachbarn Böcklin

Der Hüter des Thales.
Aus dem Thoma-Werk, Verlag von Franz Hanfstaengl in München.)

als Bildnismaler von Holbein bestimmt worden. Er
hat ja in dem Jahr seiner Baseler Steindrucklehre Gelegenheit genug gehabt, die Holbeins im dortigen Museum in sich aufzunehmen. Er geht wie der alte Baseler
Meister zu Werke, lässt seine Figuren, wie Jener nicht
selten liebte, aus bezeichnenden Hintergründen heraus-
wachsen, — die bei ihm natürlich vorwiegend Landschaften sind; er formt rund, bestimmt, trifft die Ähnlichkeit und hat einen geläuterten Stil vom besten Geschmack; er erhascht geschickt wie Jener bei seinen
Personen einen flüchtigen Augenblick feiner Versonnenheit. Nur in der Kraft des Ausdrucks steht er Dürer
näher und in der Farbenstimmung zeigt er sich namentlich im frühsten Bild von Courbet angeregt. Er übertrifft
damit Holbein wenn nicht in der Geistigkeit so doch in
der Seelentiefe, in der Lebendigkeit des Menschenodems,
wie er auch in der Wärme und Schönheit betörender
Farbenklänge mitunter über dem Baseler steht.

Schon das »Bildnis eines jungen Mädchens«
von 1868, — vermutlich die Schwester des Künstlers, —
aus dem Jahr, in welchem Courbet als Offenbarung in
Thoma's Leben getreten war, ist ein Meistergriff. Ein
bäuerliches Zimmer mit Holzwänden und einem Tisch
mit Wasserkaraffe, Feldblumen im Glas, einer Bibel und
Nähgerät bildet in ausgezeichneter Beherrschung des
Stofflichen den Rahmen; durch einen Vorhang ge-
dämpft strömt das Licht zum offenen Fenster herein
und sammelt sich auf Wange und Hals des gedankenvoll über seine Näharbeit gebeugten Mädchens. Wie
das in Luft, Licht und Stoff beobachtet und stark em-

pfunden, wie das in schlichter Unmittelbarkeit packend
behandelt und zum ruhvollen Kunstwerk geschlossen ist,
macht es die Jahreszahl auf dem Bilde zum Rätsel.
Das ist in so schönem und stiledlem Sinne ein mo-
dernes Bild, wie es selbst noch ein Jahrzehnt später
eine kühne That gewesen wäre. — Hier war es die
Schwester, welche der Künstler zum Vorwurf nahm, —
später begegnet uns wiederholt die Gattin. Einmal ist
sie in italienischer Tracht als Blumenhändlerin unter
einem Portal dargestellt, — dann erscheint » Frau
Thoma und Töchterchen« in einem Meisterwerk
von 1885 in reiferen Jahren. Sie sitzt auf einer Bank
im Landhausgarten, hinter dem eine Abendlandschaft
mit weidenden Kühen und einem Dorfteil sichtbar
wird; ein gemustertes Tuch umhüllt sie halb, sinnend
schauen die glänzenden Augen aus dem bräunlichen
Gesicht, während im Gegensatz dazu das auf dem
Tisch daneben sitzende lichtwangige und blonde Töchterchen sich mit reizendem Kindesausdruck zärtlich an
die Mutter schmiegt. Wie stark, sinnenfrisch und herzwarm wirkt dies Bild trotz der sehr einfachen Farben! —
Sie sind noch gedämpfter in dem Meisterwerk des
» Doppelbildnisses« von 1887, aus dessen mit gross-
stilisierten Blumen und Engelsköpfen bemaltem Rahmen
uns der Meister selbst neben seiner blühenden Haus-
frau entgegentritt. Das Paar steht im Garten, den
eine Mauer von dämmeriger Teich-Landschaft dahinter
trennt. Die tiefbrünette Künstlergattin hat ihr an-
mutiges Gesicht sinnend ein wenig zur Seite gedreht,
während er selbst mit tiefem Auge unter dem schon

angegrauten Haar den Beschauer still und fest anblickt.
Ernst, ja leidensvoll ist dieser Blick und von einer so
verschlossenen Schweigsamkeit, als thue ihm die Berührung mit der Welt draussen weh. Mit feiner Hand
erscheint die Natur hier überall gemildert und jeder
Zug ist gross. — Von anderen Bildnissen ist noch das
sehr ähnliche, vornehme und farbentiefe Bildnis der
Frau Spier, in dem gleichfalls wie bei den beiden vor-
hergehenden das Seelenrätsel im Auge seltsam fragt, —
aus neuerer Zeit das hell in hell, einfach und bestimmt
gehaltene einer Baseler Dame im Rosakleid, mit gelbem
Strohhut und Erikastrauss in der Hand zu nennen. 1899
hat Thoma Frau Cosima Wagner gemalt und ein neueres
Steindruck - Selbstbildnis mit der Palette in der Hand
mit Temperafarben übermalt. Die beiden eines Dürer
würdigen Steindruckbildnisse eines Bauern sowie seiner
greisen Mutter betrachten wir noch im Steindruckwerk.
— Das Meisterwerk aller dieser Schöpfungen, welches
jetzt in der Dresdner Gallerie hängt, soll als höchster
Wurf den Beschluss machen, obgleich es zu den frühsten
gehört. In diesem ganz herrlichen »Selbstbildnis
von 1880« sieht man den Meister Hans in der Blüte
der eben begonnenen 40er Mannesjahre, — noch jugendlich, still und froh der Zukunft gegenüber, voll ver-
halten-glimmender Kraft, als den Schöpfer jener kostbaren Malereien voll Glorie und Glut in den wirklich-
keitsfreudigen Jahrzehnten von 1870—90. Eine Wiese in
tiefem Grün, durch die ein blauer Fluss mit Schwänen
und einem Boot darauf sich schlängelt, liegt hinter ihm
raumtief in Spätfrühlingsglanz; schlanke Apfelbäume er-

heben sich in ihr und strecken ihre Früchte über das
Haupt des Künstlers hin. Der aber steht ruhvoll da und

Frühlings-Einkehr.

schaut mit dem anliegenden braunen Haar und dem
langen braunen Bart gar stattlich aus; er blickt über

einen rotgeschnittenen Schweinslederband in der erhobenen Rechten treuherzig aus dem Bild heraus, als sinne er einer eben gelesenen Stelle nach. Das Inkarnat ist bräunlich und leicht mit Rot durchsetzt, womit es sich gut in diese entzückende Malerei aus seltenen, tiefen und reingestimmten Lokalfarben schmiegt. Das Bild könnte mit seinem tiefen Wohllaut und seiner geschlossenen Kraft auch ein Programm Thoma'scher Kunst sein, denn die Wahrheit der Natur und ihre Stilübersetzung sind hier eins mit dem klingenden Farbengeheimnis. Sie aber geben nur den Unterton für dies wundervolle braune Auge. Träume verrät es und betörendes Saitenspiel in dieser Malerseele, die fremd im Menschentreiben durch die freie Natur seherisch wandelt und dort die herrlichsten Dinge Tag um Tag erlebt, wie nur ein Sonntagskind sie erschauen kann.

\*
\*

Träume und Saitenspiel, — — kaum anders kann man den Zauber fassen, mit welchem die Seele in Thoma's Kunst, — in seinen Landschaften, Wirklichkeitsbildern, Bildnissen, — eine seltsam-geheimnisvolle Sprache redet. Ein unaussprechlicher Zusammenklang ist in seinen Gebilden von der freien Natur mit der leisen Frage nach der Gottheit, — eine tiefe Traumhaftigkeit geht durch die Gestalten seiner Wirklichkeitswerke; sie wissen noch nichts von Erkenntnis und Sünde und harren in halbdunklen Vorstellungen ungewisser Zukunft; ein Feiertagskleid scheint selbst ihr armseliges Gewand. Ein traumseliger Mann selbst

mit klingender Seele schreitet der Meister dann schon
deutlicher durch die Lebensfülle seiner Bildnisse. —
Meisterwerk um Meisterwerk wächst dem Einsamen,
der in seiner Klostergartenstille daheim nichts weiss
von gleissendem Gold und Verträgen, die das Menschen-
gewimmel draussen binden und knechten. Nur als gedämpftes Summen wird ihm das Kämpfen und Hasten
des Alltagstreibens vernehmbar. Nichts stört ihn oder
reisst ihn heraus. Immer ist der Klang in ihm, —
immer ist ein Fragen, Sehnen und Suchen nach dem
Geheimnis hinter der Erscheinung von Landschaft und
Kreatur, — immer ein Rätselsinnen und immer ein
echtes Herzleben in seiner Kunst die Jahrzehnte hindurch, dass es den Verstand weit überwiegt und nach
Stilen tastet, die diesem Unbewussten in der verwandten
Weise der Musik Ausdruck geben.

Das gewinnt in den 80er Jahren mit der Lebens-
reife des Künstlers festere Gestalt. Die Thatsachen
der Erscheinungswelt fangen an, ihm gleichgültiger zu
werden, — das Metaphysische tritt in den Vordergrund,
— stärker wird das Geheimnisvolle in den Stimmungen,
und Bildungen mehren sich, die diesem Reifezustand
als dem letzten Künstlerglauben betonten Ausdruck
geben. Dieser Prozess, der lange bei ihm vorbereitet
war, geht ganz folgestreng vor sich. Er bedient sich
anfangs noch der goldschimmernden Mache der mittleren Zeit und hat die Wirklichkeitsfreude noch nicht
ganz überwunden, -- Gestalten antiker wie deutscher
Sagen und Märchen müssen diese romantischen Em-
pfindungsvisionen verkörpern. Bald aber genügt dieser

Stil dem Drang nach Klarheit nicht mehr. Grosse Umrisse, lichte, stumpfe, auf alle Einzelheiten verzichtende Farbenflächen, in denen die Natur oft nur noch in eine symbolische Formel übersetzt ist, einfache Gestalten wachsen in ureigener Art zum neuen und bisher letzten Stil, — in ihm aber erscheint jetzt als letztes Bekenntnis eine ganz neuartige *Gefühls-Romantik*, in welcher die mystische Unbegrenztheit tönender Offenbarung in lichte Farbenkunst gewandelt ward. — Parsifal hat ahnungslos die heilige Aue betreten! —

»Die Dämmerung im Buchenwald« von 1889 ist eines der früheren Bilder aus dieser Neuromantik und zugleich ein Spätling der mittleren Zeit in seinem Goldton, der gedämpften Glut, der weichen Rundheit der Formen, der reinen Zeichnung. Als eines der vielseitigsten Meisterwerke in diesem neuen Seelenzustand des Künstlers leitet es den Eintritt in diese Ideenwelt am besten ein. — Eine märchenhafte Waldheimlichkeit um die Abenddämmerstunde giebt den Klang; dicke und buntgefleckte Buchenstämme steigen über dem dunklen Waldboden mit seinen Grasbüschen und Blättern still empor; mitten in ihrem Frieden steht ein schlank und gerade gewachsener junger Faun, dem Epheu das Haar ziert, und bläst auf der Schalmei ein Abendlied; regungslos ruht im Halbdunkel nahebei ein Hirschpaar. In diesen weichen Stimmungsmollakkord mischt sich ganz seltsam ein anderer, — deutsche Romantik in die antike nämlich. Durch einen schmalen Spalt zwischen den Buchen ist ein Durchblick zu einer kleinen Lichtung mit Buschgrün und gelben Abend-

tinten darüber und lautlos scheinbar reitet dort auf
seinem Schimmel ein gepanzerter Ritter im Schritt vorüber. Malerisch ist das Bild ein Juwel, in dessen lust-
voller Betrachtung dem Arglosen kaum auffällt, wie
schmiegsam zwei fremde Ideenkreise hier zur Harmonie
zusammengehen. Sicher aber überschleicht es einen
Jeden und umspinnt ihn willenlos, was als ein abgrund-
tiefer und doch so milder Stimmungslaut durch diese
Walddämmerung zieht. Der Gefühlsromantiker, dem
das Gesicht Akkorde vermittelt und alle Räthsel und
aller Tiefsinn des verschleierten Naturlebens zu gemalten Harfenklängen werden, ist in diesem einer seiner
schönsten und frühsten Phantasiebilder mit allen Sinnen
als ein Eroberer bereits in ein nur sagenhaft bis dahin
bekanntes Land gedrungen.

Die festlichen Stimmungen der freien Natur, die
bedeutenden Zustände des Tages und der Jahreszeit,
die räthselvolle Sprache einsamer Örtlichkeit klingen
ihm zu; kinderhaft reine Traumgestalten weisen sie
seinem inneren Gesicht, die ohne Namen und persönliche Menschenart, ohne Sprache und Handlungstrieb
nur ihre Rolle spielen und keine Antwort zu geben
wissen. Es sind die stillen Geister der unentweihten
Natur. — Mysterien des »Parsifal« klingen in diese
Bilderwelt hinein und auf vorwitzige Frage nach Art
und Ursache antwortet Gurnemanz für sie: »das sagt
sich nicht«, — was trotz alles Gespötts immer das tief-
sinnige Schlussergebnis letzter Weltweisheit bleiben wird.

Das bleibt der Grundlaut dieser Bilderwelt, wie sie
auch gelegentlich einmal abschweift. Aus dem Suchen

löst sich bald immer einfacher und bedeutender die
künstlerische wie die malerische Formel dafür. — —

Wächter am Liebesgarten. Nach dem Steindruck.

Eine Reihe früherer Bilder können als die ersten Versuche nach dieser Richtung gelten. Die gefärbte Zeichnung der »Hexen«, die um ein Feuer auf nächtlicher

Haide tanzen, — die »Sirenen« (1881), — üppige Weiber
mit sinnlich verführerischen Gesichtern, leidenschaft-
lichem Gesang und Mandolinenspiel am Meeresstrand,
— die üppigen brünetten »Rheintöchter« (1879),
welche sich im Mondschein auf dem Rhein im Tanze
drehen und damit einen fidelen Hecht zu kühnem Kopf-
sprung begeistern, — die in Grau gehaltene Darstellung
der »Nornen« aus den 80er Jahren sind romantische
Vorklänge. Eine Abart dazu in antiker Färbung ist der
knabenhafte »Bakchos« (1889) auf einem Bild voll
Sonnigkeit und frischer Farbenwürze. Im Scherz mit
zwei jungen Italienerinnen, die ihm Epheu ins Haar winden und Aepfel reichen, springt er bockfüssig über
eine blumige Wiese. Auch die »Gralsburg« (1899),
die sich über lichtblauem See auf der Höhe im Abend-
glanz feierlich aufbaut und das Ziel der in roten Män-
teln durch den Laubwald langsam reitenden Gralsritter
ist, gehört zu diesen Bildern, deren Romantik noch
einem litterarischen Ideenkreis entfloss.

Vernehmlicher kommt das Thoma'sche in der wiederholt von ihm behandelten »Flora« aus den 80er und 90er
und den Wandlungen dieses Vorwurfs zum Vorschein.
Die antike Naturbeseelung mit Halbgöttern findet hier
ein ganz eigenes Echo, als welches seine Romantik
in aller Neubildung im Grunde zu betrachten ist. Dort
steht die Göttin der Blumenaue am Quell mit einem
Blumenstrauss in der Hand, von einem Rehpärchen
begleitet, während Putten in der Luft tanzen und auf
der Wiese drollige Kurzweil treiben, — hier wandelt
sie mit einer Blumenschaale auf dem Haupte durch

die Flur und bekränzte Frühlingskinder schreiten singend und blasend im Takt nebenher. In einem sehr schönen Bild »Quellnymphe« (1888) sitzt die Hehre in klassischer Schönheit am Sprudel, windet Blumen und schaut gedankenvoll über den wasserschöpfenden Jüngling neben ihr hinweg; auch hier spielen Putten auf der Wiese und flattern gleich Schmetterlingen von Blume zu Blume.

Ihre volle Eigenart erreicht diese Gefühlsromantik mit ihrem mystischen Wunderglauben und ihrer oft unbeschreiblichen Zartheit und Keuschheit aber erst seit Ende der 80er Jahre in solchen Gebilden wie die »Dämmerung am Buchenwald«, — wie auch der mehrfach von ihm behandelte Vorwurf: »Nymphe und Ritter am Quell« mit der feinen Uebersetzung des Naturgeistes in den genius loci darstellt. Auf einer stillen Wiese oder am dämmerigen Hainrand sitzt hier stets eine jugendliche Mädchengestalt, windet Blumen und schaut träumend vor sich hin; gleich als wüsste die Sinnende nichts davon, steht hinter oder auch wohl neben ihr tiefschweigsam ein ernst schauender, einmal auch vom Visir verkappter Ritter in Rüstung, der sie in dieser Einsamkeit bewacht oder als ein zögernder Bewerber harrt. Eine Fülle und Pracht der Märchenstimmung, eine duftvolle Jugendblüte aber atmet in diesem stummen Rapport, dass es mit Worten gar nicht zu sagen ist. — Auf dem »Erika« (1894) betitelten Bild haben beide Personen nur die Rolle gewechselt. Hier ist es der reichgekleidete Ritter, welcher auf der dicht mit Erika bewachsenen Berghöhe neben seinem

Pferd sich niederliess und müde vor sich hindämmert,
ohne des blauenden Himmels über ihm und des grünen
Thalfriedens drunten gewahr zu werden; er ahnt auch
nicht, dass die rotgekleidete Hüterin dieses verzauberten
Orts, am Erikastrauss in der Hand kenntlich, leise hinter
ihn trat und seine Rast durch ihre Nähe segnet.

Ein Kleinod in Malerei und in Schönheit wie
Eigenart der Erfindung von einem genius loci eines
der besten Werke Thoma's war der um 1890 entstandene und zwei Mal vorhandene »Hüter des Thales«.
Als ein vom goldenen Heiligenschein um das entblösste
Haupt gekrönter Ritter in funkelnder Rüstung steht
dieser mit einer am Lanzenschaft befestigten roten
Fahne auf der Felsspitze und schaut wachend auf die
grünliche Nachtdämmerung im Thal zu seinen Füssen
hinab. Nur ein paar Lichter in den kaum sichtbaren
Häusern drunten, nur ein paar Sterne zwischen dunklen
Wolken oben verraten das Leben; sonst ist Alles
schlafende Sommernacht in diesem wundersamen
Märchenstück. — Weiter gefasst als eine Allegorie
auf die Abendruhe von Natur und Kreatur und auf das
melodische Erwachen der Phantasie in der Dämmerung kehrt eine verwandte Eingebung im »Abend«
(1891/92) wieder. Ein tintenblaues Felsenwasserbecken
mit langhalsigen Schwänen giebt den geheimnisstillen
Mittelpunkt. Ein alter Fischer sitzt mit seinem Fang
davor und lauscht auf die Schalmeitöne des nackten
Hirten neben ihm; ein Kind hockt am Beckenrand;
ein elysisches Liebespaar wandelt drüben, wo man auch
die drei Grazien tanzen sieht. Ein gelbglühender Abend-

himmel in dem auf tiefes Braun gestimmten Bild lässt die Baumgruppen wie die Gestalten fast als geisterhafte Schattenrisse erscheinen.

Heimkehr.

Ein Liebespaar wandelt in diesem Bild. Merkwürdig genug wegen der Seltenheit dieses Vorwurfs bei ihm. Er hat wohl keusche Jugendblüte und zarte Regung mit hoher Kunst geschildert, — die Liebe eigentlich nie, trotzdem er über so starke und warme

Herz- und Naturtöne gebietet. Er ist sonderbar spröde
nach der erotischen Seite, was bei seinem Naturkult und
seinem Hang für das Daseinsmysterium ein'Wider-
spruch scheint. Er hält in einer priesterlichen Auffassung die Kunst als zu heilig für diese Dinge. So ist es
auch nur eine Allegorie auf die Abwehr des sinnlichen
Verlangens, die als Liebesvorwurf oft wiederholt in Bild
und Steindruck seit dem Ende der 80er Jahre entstand.
Im Wächter am Liebesgarten« ist die eherne
Schranke der Sitte, der Bildung, der Poesie, — wie
man es will, — als Hemmnis für die sinnliche Begehr
der Jugend fein und bedeutungsvoll in einem Ritter dargestellt, der schwer gerüstet auf den verschiedenen
Fassungen bald in einer romanischen bald gotischen
Pfeilerhalle Wache hält und einen nackten Jüngling
vom Eingang abhält, der einen Apfel als Eintrittspreis
bietet. Einmal blickt der Hüter in schweigendem Ernst
vor sich hin, dann ist sein Gesicht vom Visir bedeckt;
auch lagert wohl ein Löwe neben ihm. Immer blickt
man durch das Portal in einen weiten Gartenhof, in
dem Gruppen von Männern, Frauen, Jungfrauen und
Kindern lustwandeln, scherzen, die Laute schlagen. —
Eine schalkhafte Abart des Liebesvorwurfs bietet die
reizend erfundene Heimkehr« (1896). Auf breiter
Landstrasse am Getreidefeld vorüber schreitet ein junger
Landmann heimwärts neben dem müden Ackergaul.
Woran er denkt? Das luftig-zarte Flügelbübchen verrät's, das im Sattel reitet und die Zügel hält.

Drei Werke mögen nunmehr den Abschluss in der
Betrachtung von Thoma's Malerwerk bilden; sie gehören

den letzten Jahren an; eine erhabene Einfachheit geht durch die Anschauung, die Erfindung, den Stil; sie spiegeln die Allheit gleichsam je in einem dröhnenden Meerakkord, in dessen Bild das von der Flucht der Erscheinungen nicht mehr geblendete Alter des Künstlers die bisher letzten Formeln seiner Gefühlsromantik gekleidet hat. — Solcher Art ist die »Frühlings-Einkehr« von 1893. Auf lichtblauer Flut, um welche die sonnigen Schnee-Firne tiefer Meeresbucht sich wölben, schwimmt da ein buntgefärbter Delphin; ein schlanker, nur von grünem Schleiertuch umflatterter Jüngling steht in edler Freiheit auf seinem Rücken und richtet den ergriffenen Blick nach oben. Wie jugendlich empfunden, wie einfach und bedeutend erdacht ist diese Allegorie, in die sich aus dem Rahmen her eine anmutige Nebenvorstellung schmiegt! Muscheln, Seepferdchen, Fische schwimmen dort in der Meerestiefe, aus der der Frühling auf die Oberfläche der Erde gezogen kommt. — Als eine brausende Hymne von der Grösse und Kraft der Natur tritt neben dies liebliche Gedicht vom Meer jenes andere Werk vom Tritonenpaar«. Als Gemälde und Steindruck mehrfach wiederholt, scheint es mir am schönsten in dem farbigen Steindruck von 1895 mit seinem einfachen Gegensatz aus Blau und Gold gelöst. Goldglühend versinkt der Sonnenball am Horizont, goldene Radien überspannen den nachtblauen Himmel, prächtig ist die goldige Sonnenspiegelung in den Meerwellen. Ein Tritonenpaar schwimmt im Vordergrund, muschelblasend er, sie auf seinem Rücken sitzend mit der Geste einer Singenden. Von klassischer

Tritonenpaar. Nach dem Steindruck.
(Aus den »zeitgenössischen Kunstblättern«, Verlag von Breitkopf & Härtel in Leipzig.)

Grösse in Aufbau und Umriss, enthält diese Bildung
eine Stimmungs- und Naturgewalt, wie sie nur noch
Thoma's bäuerliche Steindruck-Hymnen offenbaren. —
Wie eine schmerzliche Erkenntnis oder eine düstere
Frage, — und darin ganz einsam in diesem reichen
Gesamtwerk einer stillen Naturandacht! — mutet uns
schliesslich jenes ernste Rätsel vom »Meergreis«
(1894) an. Ganz zusammengekauert hockt er auf einer
Klippe im grünlichen Meer unter Robben von metallischem
Glanz des Fells, die ringsherum in dumpfem Schlaf liegen.
Das ist von packender Einfachheit der Mache. Was
sinnt der Mann in düsterem Dämmern? Schmerz um
die innere Einsamkeit und Verlassenheit der propheti-
schen Menschenseele? Qual um die Schranke vor dem
letzten Heiligtum der Gefühlsmysterien? — »Das sagt
sich nicht«. — — —

\* \* \*

— — Im Berliner Kupferstichkabinett befindet sich
ein mir bislang unbekannt gewesener *Steindruck* von
Hans Thoma. Das Bild eines jungen Mädchens von
erheblicher Ähnlichkeit mit dem Bildnis von 1868,
welches in einfacher Bauernstube am Tisch sitzt und
einen Brief schreibt: »Bernau . . . . . 1866« und dann
die Anrede «lieber Bruder». Es ist also seine einzige
Schwester Agathe. Auch der Stil beglaubigt die
Meisterhand. Der Tondruck ist braun, die Ausführung
sorgfältig schraffirt und von der Gewissenhaftigkeit,
die Darsteller in ungewohnter Machweise kennzeichnet.

Thoma hat etwa 1853/55 ein Jahr lang in Basel
den Steindruck erlernt, dann aber aus Gesundheits-

rücksichten das Handwerk aufgegeben. Dass er nachdem noch Versuche damit gemacht hat, erfuhr ich erst
aus diesem Blatt. Er ist über vereinzelte Proben jedoch
nicht hinausgegangen, bis der Künstler nach 40 Jahren
diese Machart in grossem Umfang aufnahm und ihr
künstlerischer Neubegründer ward.

Der vor einem Jahrhundert von Senefelder erfundene Steindruck hat ein jähes Schicksal gehabt. Er
hat in der Kunst einen schnellen aber kurzen Sieges-
lauf erlebt. Seine grosse malerische Weichheit infolge
der Benutzung einer Kunstkreide, die Leichtigkeit seiner
Behandlung Holzschnitt und Kupferstich gegenüber hat
ihn bis in die Mitte des Jahrhunderts tief hinein hauptsächlich die Rolle der heutigen Photographie als Ver-
vielfältigungsmittel von Kunstwerken spielen lassen. Die
letztere hat ihm in rascher Entwickelung alsdann durch
Schnelligkeit, Zuverlässigkeit, Billigkeit den Lebensfaden
für die Kunst fast völlig abgeschnitten. Er versumpfte
und ging im Dienst des Gewerbes in die Breite, ohne eine
Erinnerung an seine goldene Zeit unter den Händen
trostloser Handwerkerei zu bewahren. Erst die Entwickelung der modernen Chemie, welche die Farbe
nicht nur in der Tiefe sondern auch im Reichtum stei-
gerte, und die Verfeinerung der Maschinen hat den
Steindruck der Kunst wieder näher gerückt. Seit man
einen photographischen Abklatsch eines Originals auf
den Stein übertragen, das erhaltene Bild aber durch
eine theoretisch unbegrenzte Zahl von Steinen in
dessen ganzen Reichtum an Tönen bis zu einer ver-
hältnismässig grossen Treue derselben wiedergeben

konnte, ist er wieder sehr beliebt geworden und hat er nicht wenig zur Verbreiterung des Kunstsinns in den letzten zwei Jahrzehnten beigetragen.

Indessen ist er in der Wiedergabe der intimen Schönheiten eines Originals durch seine Machweise sehr gebunden. Es geht ihm hier wie Radierung und Kupferstich, die als Kopieen fremder Werke stets nur ein sehr ungefähres Abbild geben, weil die Eigenart der Machweise und eine übersetzende Menschenhand dazwischen stehen. Wie Klinger und Stauffer in diesem Gedankengang Originalradierung und Originalstich neu erweckten, hat Hans Thoma den vergessenen Original-Steindruck für die Kunst nicht nur wiedererweckt, sondern einen grossen Stil dafür überhaupt erst begründet, sodass er in der Geschichte des Steindrucks einen unvergänglichen Namen behalten wird.

Er hat die natürlichen Grenzen einer künstlerischen Wirkung dieser Machart streng im Auge behalten und versucht innerhalb dieser ein- und mehrfarbige Kunstwerke zu schaffen. Dieses Unternehmen begann in den 90er Jahren; es hat in etwa 7 Jahren einen ungeahnten Erfolg gehabt; nicht nur hat der Künstler damit viele seiner besten Werke volkstümlich gemacht; er hat talentvolle Nachfolger wie Greiner als den frühsten und Andere gefunden. Das Kunstgewerbe hat sich alsdann des Vorbilds bemächtigt und heute geht man kaum 100 Schritt in den Strassen einer Grossstadt, ohne auf die Spur dieser seiner Einwirkung auf das Plakat- und Buchschmuckgewerbe zu stossen.

Diese Stilbildung für den Steindruck geht bei

Thoma Hand in Hand mit seiner malerischen Entwickelung. Ihre ersten Versuche fallen in die Zeit, da
seine romantischen Träume in Zeichnung und Farbe
bereits die grösste Einfachheit anstreben und nicht selten
eine geniale Formel an die Stelle strotzender Natur
setzen. Er hat mit seiner Malerei gewissermassen dem
Steindruck vorgearbeitet, dem das Arbeiten in feine
Einzelheiten hinein verschlossen ist, wenn er künstlerisch wirken will. So entstehen zunächst einfache
Blätter in einem Ton auf hellem Papier. Bald steigert
sich deren Wirkung durch eine von vollendetem Geschmack geleitete Verwendung von Tonpapieren, auf
welche die Zeichnungsfarbe genau berechnet ist. Gleichzeitig kommt auch schon die Aufsetzung weisser Lichter
als erste Stufe der Mehrfarbigkeit hinzu, und es ist
erstaunlich, welche grossen, warmen, naturwahren Wir-
kungen und vor allem Stimmungen der Künstler damit
erzielt. Immer bleibt er dabei im Rahmen weicher male-
rischer Kreidezeichnung. Schliesslich aber gelangt er
noch in einer kleinen Zahl von Blättern zu einem äusserst
besonnenen und geschmackvollen Mehrfarbendruck, in
dem einige der schönsten Vorwürfe erdacht sind. Wenige grosse Gegensätze, satte Tiefe, einfache Linien
halten sich immer streng in den Grenzen, innerhalb
deren die Machart ihre eigenthümlichen Reize ent-
falten kann.

In diesen etwa 80 Steindruckblättern Thoma's
spiegelt sich noch einmal sein ganzes Lebenswerk.
Viele seiner Bilder kehren hier in vergrössertem Stil
wieder; neue Erfindungen gesellen sich dazu, besonders

Sommerabend. Nach einer Zeichnung für den Steindruck.

in der Landschaft. Diese wirkt hier durch eine meister-
hafte Einfachheit, Grösse und Bestimmtheit der Auffassung besonders, überrascht aber nicht selten auch
durch einen Duft, wie er sonst nur der Kohlezeichnung
auf Tonpapier eigen ist. Eine Gruppe alter Bäume,
ein trauliches Bauernhaus, einen Weg, der sich im
Thal verliert, eine Berglandschaft zaubert er hier mit
wenigen Strichen scharf, plastisch und mit stimmungs-
voller Behaglichkeit hin. Ein reizendes Blatt darin ist
z. B. sein Heimatsdorf Bernau mit dem Elternhaus des
Künstlers; auch der schon genannte Mehrfarbendruck
eines anderen Thaldorfs. Malerisch im Einzelnen ge-
nauer ausgeführt ist nur eine farbige, anscheinend ältere
Taunuslandschaft mit einem Reiter, deren tiefgestimmte Töne, darf ich meiner Erinnerung trauen, in
dem sonst streng von ihm gemiedenen Überdruck erzielt und bereichert sind. — Künstlerisch sehr bedeutend und hier eine neue und verstärkte Schattierung
in Thoma's kraftvollem Naturverhältnis enthaltend sind
seine bäuerlichen Wirklichkeitsdarstellungen. Hier erwacht sichtbar die alte Lust und der alte Gewinn von
Albrecht Dürer, mit dem er stilistisch freilich nur noch
in den Bildnissen Berührung hat, wenn er in diesen
plastisch in ihrer ganzen Traulichkeit aufgebauten
Bauernhäusern, diesen Obst- und Gemüsegärten, diesen
Hofansichten von der Holzveranda aus, — in diesen
Bauern, welche graben oder nach der Arbeit draussen
mit Weib und Kind Luft schöpfen oder die Geige auf
der Gartenbank sitzend spielen, indessen hinten ein
müder Mäher vorüber geht, — in diesen müden alten

Frauen, die am Zaun über dem schlafenden Kind ein-
genickt sind oder auf der Veranda ihren Enkelchen
Märchen erzählen, während der Mond spukhaft herüber-
leuchtet, — in diesem jungen Violinspieler im nächtlichen Garten und schliesslich im »Säemann« alle Liebe
eines tiefen Gemüts zum Ausdruck bringt und eine
Natur von packender Unmittelbarkeit nur als Mittel
für symbolisch-allegorische Dichtungen grossen Stils
verwendet. Gerade in diesen Blättern erweitert sich der
Kreis seiner Wirklichkeitsgemälde um einen grossen
Schritt; sie werfen einen Faden zu Millet hinüber und
machen das Bild vom Naturbekenntnis Thoma's erst
vollständig. — Als von einer ganz eigenen Schönheit
ist unter den antikesirenden Stoffen der hier wieder-
kehrende Vorwurf des »Kentaurenspiels« hervorzuheben,
— unter den religiösen Gegenständen spricht die Wärme
der Darstellung in der einen Fassung von »Christus auf
dem Oelberg«, in einer mehrfarbigen »Kreuzhängung«,
einer »Salome«, in »Adam, Eva und Tod« ganz besonders an. — Durchweg auf hoher Stufe stehen die
Bildnisse. Ungemein liebenswürdig ist eines der frühsten
Blätter, auf dem Frau Thoma neben zwei Kinderköpfen
erscheint, — prächtig auch der Meister selbst aus
neuerer Zeit mit der Palette in der Hand, den Kopf
ein wenig zurückgelegt, als mustere er ein Modell, indessen vom waldigen Hintergrund der Umriss einer
seiner schönsten Landschaften mit tanzenden Kindern
und den mit einem Pferd spielenden Knaben stimmungs-
voll in dies Künstlerantlitz hineinklingt. Malerisch
überaus fein in der mit Weiss gehöhten Zeichnung auf

grünem Papier, menschlich aber tief rührend blickt
uns aus einem dritten Blatt die 94jährige Mutter des
Meisters an, die er hier kurz vor ihrem Tode konter-
feite. Das Meisterwerk jedoch schliesslich und eines
Dürer nicht unwert scheint mir das »Bildnis eines
Bauern«. Ein hübscher Rahmen mit Putten, Steinkreis-
zeichen und Aehren umgiebt den in Halbprofil wunder-
voll gezeichneten Kopf eines alten Mannes, welcher
sich von der Baumkrone in einer Ackerlandschaft des
Hintergrundes abhebt. Mit welcher Andacht und
welcher Schärfe zugleich ist hier jedem Zug in dem
gefurchten Antlitz nachgegangen, und wie gebunden
erscheint die Natur hier in eine friedlich versonnene
Stimmung! — Kunstvolle Schöpfungen von edler Schönheit finden sich auch unter den romantischen Stoffen,
die vielfach mehrfarbig hergestellt sind. Lieblichkeit
des Vorwurfs, zarter Reiz einfacher Farben und wohl-
berechneter Gegensätze, flüssige Linien zeichnen viele
dieser Gedichte aus. Die anmutigen »Rheintöchter« in
grüner, von rötlichen Fischen durchtummelter Wasser-
tiefe, deren Blinken mit Goldstrichen angedeutet ist,
wobei diesmal ein einfarbiger Steindruck nur übermalt
ist, — in Blau und Gold das schon genannte »Tritonenpaar«, — der »Hüter des Thales«, — die »Frühlings-
Einkehr« mit dem Jüngling auf einem Delphin, —
der »Abend« sind wahre Perlen eines künstlerischen
Steindrucks. — — —
— — — Seinem Bereich gehört auch ein »Kostüm-
werk« an, welches der Meister Ende der 90er Jahre
für die Nibelungen-Aufführungen in Bayreuth schuf, —

— aber auch ein anderes Werk, dessen Entwürfe im Stil für Steindruckausführung gedacht, wenn sie schliesslich auch in Ätzung vervielfältigt sind. Das sind die im Winter 1892/93 erschienenen »Federspiele«. Ein paar gelegentlich entstandene Vignetten gaben die Anregung; ein langwieriges Ischiasleiden während einiger Wintermonate liess den Gedanken weiter spinnen. Der emsige Künstler mochte die Thätigkeit nicht entbehren; er hielt mit dem Griffel schnurrige, satirische und stimmungsvolle Einfälle fest, die ihm während des Stillliegens in Hülle und Fülle durch den Kopf gingen. Zu diesen Bildchen hat Thode alsdann so sinnvolle als wohllautende Verse gemacht, womit schliesslich ein ganz eigenartiges Werk zu Stande kam. Man trifft hier viel des Neuen von einer bisher ungewohnten Klangart, aber auch manche Erinnerung an das übrige Künstlerwerk an. Seine Puttengruppen kehren wieder; dort steht einsam ein Pflug auf dem Feld; hier steigt ein Wanderer tiefatmend zum Fichtenwald hinauf. Reizende Landschaftsausschnitte finden sich auch sonst, — wie z. B. derjenige mit dem wandernden Mandolinenspieler, dem im Gras gelagerten Mann, dem Geschwisterpaar, welches im Huckepack unter dem Bellen seines Spitzes dem Dorf zutrabt, oder dem blumenpflückenden Kind auf der Wiese. Dazwischen geht stiller Humor und lachender Spott, wie man ihn dem kleinen Frankfurter Meister gar nicht zutraut, in allen Tonarten um. Sensenbewaffnete Putten reiten auf Heuschrecken drollig durch die Luft, lächerliche Uhus sitzen glotzäugig auf Bäumen in mondheller Nacht, der Esel mit dem Löwen-

fell, das Rhinozeros, Hahn und Henne, Enten mit Spott
auf menschliche Thorheit ziehen vorüber. Auf einem

Bildnis eines Bauern.  Nach dem Steindruck.
(Aus den »zeitgenössischen Kunstblättern«, Verlag von Breitkopf & Härtel
in Leipzig.)

grösseren Bild hat sich ein alter Ritter auf dem eben
erschlagenen Drachen niedergelassen und dämmert

müde vor sich hin, ohne den frechen Spatz auf der
gebrochenen Lanze zu beachten. Tiefsinn und Humor
zugleich wie hier lebt in vignettenartigen Puttendar-
stellungen. Dort hantiert ein zierliches Kerlchen mit
einem Ritterhelm, der fast so gross ist als er selber, —
hier sitzt er in ihm, der ihm tief bis unter die Brust
reicht, auf einem Schild und schaut mit kindlichem
Ernst aus dem aufgeklappten Visir. Dann sitzt ein
blasendes Flügelbübchen im aufgesperrten Rachen eines
seepferdartigen Ungetüms und schliesslich steht ein
ebenso vergnügtes Kerlchen in einem Kristallvieleck,
um dessen Fuss eine Viper ringförmig liegt, während
schlanke Blumenstengel ringsum aufspriessen. Eine
Fülle köstlicher, heiterer wie gedankenvoller Dinge
steckt in dieser Kleinkunst, dass sie immer frisches
Behagen beim Betrachten hervorruft. — — —

\*     \*
\*

Dieser rastlose Trieb einer geschäftigen Einbildungskraft, dieser gedankenvolle Sinn und die gelassene
Emsigkeit der Schaffenslust, die den Griffel zu einer
so natürlichen Waffe in der Meisterhand machen,
hat ihn trotz eines sehr reichen Werks an Bildern,
Aquarellen, Zeichnungen, Steindrucken auch noch
nach anderer Seite gelenkt. Eine tägliche ausdauernde
Thätigkeit an der Staffelei und dem Stein durch 40
Schaffensjahre hat ihm immer noch Zeit und Frische
für Liebhaber-Neigungen gelassen, und selbst das Alter
hielt ihn nicht ab, noch neue Gebiete zu betreten. So
pflegt er seit 1897 auch die *Radierung* von der jetzt

ein Dutzend Blätter in seinem grossen und weichen
Stil vorliegen. Ein Tiftcler in der Mache sein Lebtag
hat er nach einigen Versuchen auf der Kupfertafel auch
solche mit vernickelter Zinkplatte angestellt, der eine
intime Weichheit in Ton und Strich eignet, aber bei
der Nachgiebigkeit des Metalls auch sehr aufmerksame
und vorsichtige Arbeit gewidmet werden muss. Die
Umrisse sind in dieser Mache bei Thoma bestimmt
und einfach, die Schatten nur sparsam angedeutet, so
dass in den Landschaften namentlich eine sonnige und
duftige Wirkung erzielt wird. Der »Pflug im Felde«,
die »Sägemühle«, das »Fischerboot bei Scheveningen«,
der »Blick in einen Schwarzwälder Bauernhof«, der
»Säemann‹, ein paar Mädchenbildnisse, einige der
»Federspiele« bilden die kleine Stoffwelt, die als Neues
nur die Köpfe der »3 Parzen« mit ihren grundhäss-
lichen Gesichtern zeigt. — — —

Noch fruchtbarer war sein sinnvoller Geist in
*kunstgewerblichen* Entwürfen aller Art, für welche
sein emsiges, gedankenvolles, tiftelndes Wesen als für
eine feine Geheimsprache der Kunst von jeher viel
Neigung verriet. Hier kommen in erster Linie die
Rahmen für seine Bilder in Betracht. Schon das Selbstbildnis von 1880 zeigt eine geschmackvolle Fassung in
dieser Weise und er hat sie oft seitdem wiederholt und
als einer der Ersten damit eine heute sehr beliebte
Mode eingeleitet. Taugen doch für seine oft knorrig-
eigenartigen Bildungen mit ihren lichtvollen Farben die
üblichen Goldrahmen so wenig als dunkle Leisten.
Mit gutem Geschmack für den Zweck der Sache gab

er einer einfach profilierten Leiste meist einen blauen
oder roten Grund und setzte in kräftigem Bauernstil
Engelsköpfe, Blumen, Steinbilderzeichen oder sonst
allerlei einfache und zum Bild passende Symbolik hin-

Kind im Helm.   Aus dem Album »Federspiele«.
(Verlag von Heinrich Keller in Frankfurt am Main.)

ein, was denn die Eigenart dieser Gemälde nicht selten
zu einer bescheidenen Pracht erhebt. — Daneben sind
für Freunde und Bekannte »Ex-libris« mit den kleinen
Erfindungen der »Federspiele« entstanden. — Eine
eigene Schönheit aber erfüllt die am wenigsten bekannt
gewordenen Entwürfe, nach denen für den eigenen

Familienkreis und Freunde Schaalen, Teller, Decken, Teppiche, Tongefässe hergestellt sind. Sein hohes Stilgefühl und ein reger Grüblersinn, der Geist auch in die nebensächlichste Kunstform giesst, hat hier aus den gegebenen Naturvorbildern Werke von eigenstem Gepräge, Schönheit und Geschmack hervorgerufen, die als ein wahres Labsal unter dem verdrehten Zeug der heutigen Tagesmode mit ihren französisch-englischen Abfällen anziehen und künden, wie reich an Kunst und Erfindungsgabe dieser bescheidene Mann durch sein Künstlerleben gewandelt ist. — — —

*<br>*

Das ist das Malerwerk von Hans Thoma bis zum heutigen Tage. — Keine himmelanragenden Formen und keine unerhörten Ideen machen es zu einem der Kolosse, wie die Renaissance und die Neuzeit wieder sie uns zeigten. Es haftet am waldheimlichen und berganmutigen Boden still, schlicht, verträumt, knorrig mitunter; alle seine Schätze liegen in der Tiefe eines wunderbaren Gemüts, das gleichsam still inmitten der kreisenden Weltbilder stand, — herausgriff, was ihm gefiel, — jedem Ding aber den Klang verlieh, der bei der Berührung durch die saitenspielbegnadete Malerseele glitt.

Thoma hat die Natur in einer neuartigen und unmittelbaren Offenbarung geschaut und einen bedeutenden Kunststil dafür gefunden, der, aus der Tiefe des germanischen Rassengenies entsprossen, ihm mit gutem Recht den Ruf des deutschesten aller lebenden Künstler

eingetragen hat. Ihm wird eine Landschaftskunst von
einem neuen und schöpferischen Ausdruck verdankt. —
Meisterwerke der Wirklichkeitsdarstellung, — Bildnisse
eines Dürer und Holbein würdig, — der erste grosse
Steindruckstil treten daneben. Zwischen Natur und
Geschöpf ist überall nur ein grosser Zusammenklang
und, wenn man seine Schwarzwald-Bauern und -Dörfer
betrachtet, muss man angesichts der Grösse in ihrer
Auffassung an Millet denken, — nur dass der deutsche
Meister freier, vielseitiger und der Volksart entsprechend
durchgeistigter geformt hat. — — Dies ganze Werk
aber, schön und stark genug für einen Namen in der
Geschichte, hat Thoma liegen gelassen, um als fröh-
licher Poet singend in das alte romantische Land zu
ziehen. Doch nicht alte Städte, schnurrige Käuze,
Eremiten und Ritterturniere suchte er, — Thalabge-
schiedenheit und Meereinsamkeit auch wohl lockte ihn,
— so still, dass man geheimnisvoll dort die Welt brausen
und dröhnen zu hören glaubt; in die Dämmergefilde
pantheistischer Träume glitt dort seine lauschende Seele;
Geister der Natur erschienen ihm hier mit geschlossenen
Lippen, arm an Sprache, Musik in der Seele, keusche Liebe
zur Welt im Herzen. Und was er erlauscht, das hat Hans
Thoma zu einer neuromantischen Weise geformt. Naturtöne sind es, in edle Kunst gebunden, die dem müden
Empfinden der Städte eine neue Provinz eröffnen; er selbst
aber ward damit einer der Wohlthäter der Zeit, die
ihn längst als einen ihrer grossen Künstler anerkennt.

Das Alles aber schuf und wirkte der Meister von
einem Orte aus; er wurzelt tief und fest im Boden der

Schwarzwälder Heimat; in treuer Liebe zu ihr ist er still und sicher gewachsen. Mit ihr zugleich aber gab er sich selbst. Das ist sein Kunst- und Erfolg-Geheimnis. Es ist der ganze und festwurzelnde Mensch in seiner hinreissenden Liebenswürdigkeit, der gesiegt hat. — — —

\*  \*  \*

Man muss in sein Heim gehen, wenn man ihn recht kennen lernen und aus dem Grunde verstehen will. Das Haus kennzeichnet immer den Mann und in seinen vier Pfählen giebt er sich am natürlichsten. Thoma hat das letzte Jahrzehnt an der Nordwestgrenze von Frankfurt, nahe der freien Natur, in der stillen Wolfgangstrasse gewohnt, die ganz abseits vom Verkehr liegt. Bescheidene Wohlhabenheit spricht aus den zweifenstrigen und zweistöckigen Landhäuschen mit den kleinen Vorgärten, die Seitenmauer an Seitenmauer stehen; nirgends zeugen ein paar Meter Seitengarten von einigem Überfluss des Besitzers. In einem dieser Häuser sass der bescheidene Mann lange Zeit. An dem Empfangszimmer, dem Speisesaal dahinter, der eine freundliche Glasveranda mit Aussicht in das schmale Hintergärtchen besitzt, und einigen Wirtschaftsräumen im Erdgeschoss vorbei steigt man auf enger Treppe zum ersten Stock, in dem die Familie wohnte, die prächtige Frau Cella das Regiment hat und gemeinsam mit ihrer Schwägerin, Thoma's einziger Schwester, das blühende Haustöchterchen bemuttert. Nur ein paar sparsame Malereien an den Wänden des Treppenhauses

verraten bis hierher mit ihrem strengen Stil, dass man
sich im Hause eines gewissen berühmten Malers befindet. Im zweiten Stockwerk ist der Herr des Hauses
unbeschränkter Gebieter. Da tritt man in einen kleinen,
freundlich - hellen Werkstattraum mit Gartenaussicht.
Ein prunkloser, einfacher, behaglicher Ort, — zum
Malen, Schreiben, Lesen wohleingerichtet, — nicht für
neugierige Besucher. Und hier wirkt ein lieber alter
Herr mit weissem Haar, von untersetzter kurzhalsiger
Gestalt, den in behender Gelassenheit hantieren zu
sehen ein Vergnügen ist. Die kerngesunde Kraft mit
ihrer Anwartschaft auf 90 Lebensjahre hat etwas Erquickendes; nicht weniger auch diese Ruhe beim Sitzen,
das Abwarten und Wenigreden. Wie der schweigen
kann! Bis er warm wird und zu reden beginnt, wobei
die prächtig-stillen Augen, die bald versonnene Märchen-
augen sind und bald durchdringend blicken, auf-
leuchten.

Und wie er dann reden, — musikalisch reden
kann von alter Zeit, von Anschauungen, Erlebnissen,
in vornehmen Urteilen, die Jeden gelten lassen, der
will und halbwegs kann, und immer das Gute suchen.
Wie keuscher Waldduft streicht es durch diese Bilder,
die immer verkleinern und verstecken, was ihn selbst
betrifft, und so warm werden, wenn er von Eindrücken
der Kunst und ihm lieben Menschen berichtet. Man
erfährt nicht viel von ihm, wie seine Kunst innen gewachsen ist, — ein so hochgebildeter Mann er sonst ist.
Er hat die Scham der vornehmen Naturen sich selbst
gegenüber. Aber dessen braucht's auch nicht. Die

innere Einsamkeit wortlosen Bilderreichtums wird bald
vernehmlich; so eigen zieht es durch diese schlichten
Bemerkungen; bald hat man es begriffen, wie still,
weltfeindlich, emsig und voll gelassenen Selbstvertrauens
dieser Mann durchs Leben ging, — nicht anders als
ein wandernder Poet mit selig verträumten Augen und
klingender Seele durch eine schweigsame Natur zu
ziehen pflegt. Und das hat Hans Thoma gethan! —

Berlin, im September 1899.

Franz Hermann Meissner.